人生賭博

横浜ネイバーズ④

岩井圭也

ハルキ文庫

角川春樹事務所

CONTENTS

本書はハルキ文庫の書き下ろし作品です。

1. 名前のない恋人

マッチングアプリに登録している人間は、二種類に分かれる。選ぶ側の人間と、選ばれる側の人間だ。

　自分はただただ真剣に交際を求めている——と主張する人もいるかもしれない。けど、恋愛は突き詰めれば選ぶか選ばれるかだ。みんな、心の底では「選ぶ」側にいるつもりかもしれない。でも実際のところ、恋愛にはレベルの差が歴然とある。強者がいれば弱者もいて、弱者が選ぶことはまずない。ごくまれに、選ぶ側の人が選ばれる側に回ったり、その逆のパターンもあるけれど、それはレベルが僅差《きんさ》の場合に限る。一対一で完全に平等な関係なんて、男女に限らずありえない。

　わたしはもちろん、選ぶ側の人間だ。これは勝手な思い込みなんかじゃない。容姿、ふるまい、話術。何をとってもその辺の女には負けない自信がある。だからこそ結果もついてきた。

　だいたい、わたしの目的は恋愛の相手を見つけることじゃない。恋愛それ自体は一円の得にもならないただのヒマつぶしだ。男は例外なく下品だし、結婚なんていくら積まれてもしたくない。どんなにイケメンだろうが、優しく見えようが、つまるところセックスにしか興味のない生き物だ。

それでもわたしがアプリをやめないのは、もちろん実益、お金のためだ。興味のない男と付き合う代わりにお金を受け取るのは、正当な報酬だ。レンタル彼女とか、そういうのと同じ。夢を見る対価だと思ってくれればいい。

だいたい、自力で恋人すら作れないような男を、わたしが選ぶわけがない。冷静に考えればわかるはずなのに、こと恋愛になると人はバカになる。一直線に走って、挙句、何百万円貢いでしまう。

考えれば考えるほど、恋愛という機能はヒトの欠陥だと思う。

その欠陥が残されているおかげで、わたしは今日も稼げるわけだけど。

＊

ロンこと小柳龍一《こやなぎりゅういち》は、ぼんやりスマホをいじっていた。ダイニングテーブルを挟んで座る祖父の良三郎《りょうざぶろう》は、眉間《みけん》に皺《しわ》を寄せてにらんでいる。

「で、どうなんだ？」

良三郎の問いに、ロンは「どうもこうも」と応じた。

「就職の話なんか出なかったよ。ただ、一緒に釣りに行っただけ」

「……おい。ふざけるなよ」

「ふざけてねえよ」

だん、と良三郎は拳《こぶし》をテーブルに叩《たた》きつける。

「お前が就職の相談に行くって言うから、わざわざ旅費貸してやったんだぞ。バイト先で知り合った警備会社の社長が、正社員に登用してくれるかもしれないって話だっただろうが」

「登用してくれるかもしれない、とは言ったよ。でもムリだったってこと。警備会社も今は人員増やす余裕がないんだと。就職の相談に行くとも言ってない。就職の相談ができたらいいなあ、って、まあ願望込みだよ。そういうことだから、二人でしっかり釣りを楽しんで……」

「このバカ！」

良三郎はこめかみに血管を浮き上がらせ、怒鳴り散らした。ロンは首をすくめる。

――さすがにマズかったか。

警備のアルバイト先で知り合った社長と日帰り旅行に行ったのは事実だった。だが、就職の話などほとんどしていない。社長はハナから「人件費、かさんじゃって厳しいんだよ

ねえ」と笑っていて、正社員になれる可能性はゼロだった。それでも釣りには行きたかっ

たから、良三郎に適当なことを言って五千円出してもらった。

「いいじゃん。五千円なんて、高校生の小遣いだろ」

「お前はその、高校生の小遣いくらいの額にも不自由してるんだろうが」

「じいさんガッポリ貯《た》め込んでるんだろ」

「バカ。年金生活でカツカツだよ」

良三郎は額に手を当て、深いため息を吐《つ》く。

「おかしいと思ったんだ。急にやる気を出したと思ったら、裏があった」

「裏を見抜けなかったじいさんにも非があったということで」

「やかましい！」

蹴《け》り飛ばされるようにして、ロンは玄関に追いやられた。良三郎は赤い顔で「仕事見つかるまで帰ってくるな！」と叫んでいる。逃げるようにスニーカーを履いたロンは、昼下がりの繁華街に飛び出した。

——あのじいさん、いつになったら衰えるんだよ。

良三郎は七十二だが、このところ前にも増して怒りっぽくなっている気がする。内心、血圧が上がりすぎて血管が切れるんじゃないかとロンは心配していた。

外階段を降り、空き店舗になっている一階の前を通り過ぎる。ロンや良三郎の自宅は、

二階建ての二階だ。一階にはかつて、良三郎がオーナーを務める四川《しせん》料理の名店「翠玉《すいぎょく》楼《ろう》」があったが、二年前に閉店した。以後、良三郎はずっとこの店舗を空のままにしている。噂《うわさ》では賃貸希望の声がいくつかあったというが、すべて断っているようだ。

——貸せばちょっとは儲《もう》かるのに。

ロンにはもったいないとしか思えないが、良三郎なりの意図があるのだろう。いずれにせよ、祖父が頑固なのは間違いない。誰《だれ》にも貸さないと決めているのだとしたら、首を縦に振らせるのは相当困難だ。

行き場のないロンは、いつものように「洋洋飯店《ようようはんてん》」へと足を向けた。幼馴染《おさななじ》みであるマツこと趙松雄《ジャオ・ソンシオン》の実家だ。もしマツが家にいたら、ゲームでもして時間をつぶすつもりだった。二十二にもなって幼馴染みの家にゲームをしに行くのはどうかと思うが、他にやることも思いつかない。

一月、中華街には寒風が吹いていた。今年ももうすぐ春節だ。頭上には龍を模したランタンが飾られている。すれ違った観光客が、湯気を立てた肉まんを頬張《ほおば》っていた。

ランチタイムを過ぎた「洋洋飯店」は、まずまずの客の入りだった。

「なんだ、ロンか」

フロアにいたマツの母が苦い顔をした。

「歓迎されてないね」

「歓迎してないからね」

マツの母は顎《あご》でカウンター席を示す。そこではマツがスマホをいじっていた。テーブルには空の食器が残されている。さっきまで、店で賄いでも食べていたのだろう。ロンは隣に腰かけ、「よう」と声をかけた。マツはちらりと顔を上げる。

「なんだ、ロンか」

「さっきお前の母親にも同じこと言われたよ」

「今考えごとしてるから、用事ないなら後にしてくれ」

マツは真剣な面持ちでスマホを見つめている。一見、まじめに悩んでいるように見えた。だがロンは知っている。この男が真剣に考えることといえば、一つしかない。

「今日はなんだ。競艇か？　競輪か？」

「お馬さん」

真顔のまま、マツはつぶやいた。

「最近の成績を考えれば六番が固い。一番人気は確定。でも血統的には三番も捨てがたい。ポテンシャルはあると思うんだよな……しかし末脚の強烈さを考えると八番の可能性もあるか」

ぶつぶつとつぶやきながら、スマホ画面をスワイプしている。

マツのギャンブル好きは筋金入りで、特に競馬には入れ込んでいる。マツは契約社員としてジムのインストラクターをしているが、実家暮らしで生活費がかからないのをいいことに、稼ぎのほとんどをギャンブルに突っこんでいるらしい。

「昼飯食ったなら、皿洗いでもしてくれる？」

いつの間にか、マツの母が背後に立っていた。マツは逃げるように「俺《おれ》、道場行かないと」と言って立ち上がる。マツは十年以上、柔術道場に通っていた。そのため身体《からだ》はよく鍛えられている。坊主頭と相まって、第一印象はなかなか強面《こわもて》だ。

「この時間から？」

「カンさんと早めに集合して練習することになってんの」

マツの母がさらに険しい顔つきに変わる。カンさんというのは、マツの柔術道場の先輩らしい。前々からロンも話には聞いているが、どうやらマツをギャンブル好きに仕立てたのはカンさんらしい。

「変な人とつるむのはやめときな」

「もう十年以上つるんでるんだから、家族みたいなもんだよ」

行ってきまーす、と軽やかに言い残して、マツは店から去っていく。後にはロンが取り残された。剣呑《けんのん》な表情をしたマツの母と目が合う。

「……ロン。あんた、皿洗いしていきな」

「えっ、俺？」

「ヒマなら手伝いくらいしていきなよ。何回タダ飯食わしてやったと思ってんの」

ちょうどその時、ロンのポケットでスマホが震動した。電話の着信だ。

「あ、電話！　電話来たから！」

スマホの画面を見せながら、ロンはいそいそと店を出る。マツの母はいまいましげな目つきでそれを見送った。

通りに出てから改めてディスプレイを確認すると、〈大月薫《おおつきかおる》弁護士〉と表示されていた。以前、地面師詐欺事件で知り合った弁護士だ。不動産を専門としており、横浜駅の近くにあるミスティ法律事務所で代表を務めている。

「もしもし」

「ああ、ロンくん。久しぶり」

大月は関西訛《なま》りのイントネーションで、朗らかに言った。

「どうしたんですか、いきなり」

「きみ、〈山下町《やましたちょう》の名探偵〉やったよね？」

「……その呼び名はあんまり納得してませんけど」

ロン自身はダサいと思っているが、そう呼ばれているのは事実だった。中華街で起こった事件に限らず、最近は知人やそのまた知人から持ち込まれた厄介事を解決している。基本的に、報酬はない。ロンはただ、隣人たちを助けたいからやっているのだ。つまりは趣味であった。

「一応、名探偵の耳に入れといたほうがええかな、と思うことがあって」

大月の話は長くなりそうだった。ロンは「俺、そっち行きましょうか」と申し出る。中華街から法律事務所までは三十分もかからない。大月は了承し「ほんなら待ってるわ」と言った。ロンは人混みを避けながら、石川町《いしかわちょう》駅へ歩き出す。

――これで、しばらく時間が潰《つぶ》せる。

観光客たちの間をすり抜けながら、ロンは当面の予定ができたことに少し安堵《あんど》した。


「マッチングアプリ、やってる?」

法律事務所の会議室に入るなり、大月はそう尋ねた。年齢はロンより二回りは上だが、どこか軽さがあり、威圧感のない女性だ。

「やってないです」

ロンは手近なチェアに腰を下ろす。

「あ、そう。若い子はみんなやってるんかと思ってたわ。付き合ってる人、おるん?」

「いない、です」

なぜか一瞬、幼馴染みのヒナ――菊地《きくち》妃奈子《ひなこ》の顔が浮かんだ。最近、友人たちから何かとヒナとの関係を詮索《せんさく》されることが多い。意識したのはそのせいかもしれない。ヒナはある理由から下半身が動かせなくなり、車いすで生活している。

「ふうん。まあ、どっちでもいいけど」

話題を振ってきた割に、大月はどうでもよさそうだった。

「話したかったんは、最近はびこってる悪質業者のこと」

その一言で、緩んでいた気配が引き締まる。大月は咳《せき》ばらいをして、テーブルの上で両手を組んだ。

「私もこういう仕事してるから、物騒な話はしょっちゅう耳に入ってくるんやけどね。どうも最近、マッチングアプリを使った不動産投資トラブルが増えてるみたいで。特に二十代から三十代の男女がターゲットになってるみたい」

ロンは合点する。冒頭、マッチングアプリ云々《うんぬん》と訊《き》いてきたのはその話がしたかったからか。大月は組んだ手を動かしながら苛立《いらだ》たしげに語る。

「私はようわからんけど、そういうアプリを利用してネットワークビジネスに引き込んだり、宗教に勧誘したりする連中もおるんやってね。人と人が会うわけやから、当然、善良な相手だけとは限らん。つまり、詐欺を目論《もくろ》む人間がおってもおかしくはない、ちゅうことやね」

「でも、ほとんどの人は善良なんでしょ？」

ロンは使っていないが、友人知人にはマッチングアプリの利用者が多い。確か、マツも使っていたはずだ。アプリでやり取りをした女の子とデートをすることもあるようだが、ギャンブル好きだとわかるとみんな離れていくらしい。

ともかく、大半の利用者は普通の交際を望んでいるはずだ。

「だからこそ悪質なんよ」

大月は雑草を噛《か》んだような表情になった。

「被害者――あえて被害者と言うけど――その人たちは、普通に付き合いたいと思って相手と会うわけよ。当然、向こうも同じ目的のはずやと思ってる。でも相手のほうは最初から騙《だま》す気マンマン。この時、被害者は無防備に相手のことを信じ切るモードに入ってしまう。だからちょっと怪しいと思ってもお金を出してしまう、というわけ」

ロンに実体験はないが、想像はできる。好きな相手が望むことなら、叶《かな》えてやりたいと願うのは自然なことだ。遊びではなく真剣交際を目指しているからこそ、のめり込んでしまう気持ちもわかった。

「男女どちらのパターンもあるし、もちろん同性同士でもあるけどね。いずれにせよ、マッチングアプリは悪質業者の草刈り場になってる面がある」

「で、悪質業者ってどんなやつなんです？」

大月は「もはや古典的と言ってもいいけど」と前置きしてから言った。

「よく聞くんが、サブリース契約の悪用ね」

いきなり意味不明の用語が飛び出した。

「なんですか、サブリース契約って」

「簡単に言ったら、又貸し。オーナーから物件を一棟丸ごと借りて、それをさらに入居者に貸すようなやり方のことやね。悪質な業者は、こういう風に誘うわけよ」

そこで大月は声音を変えて、身を乗り出した。

「小柳さん。サブリースっていう方法がありましてね。普通にマンションを買ったら、入居者がいない限り家賃収入は入ってきません。しかし、マンション購入後にサブリース契約でうちの会社に運用を任せてもらえれば、入居者の有無にかかわらず一定の金額をお支払いしますよ。管理の手間もかかりません。どうですか。魅力的な提案でしょう?」

大月は作り笑いを浮かべていた。演技のうまさにロンはぞくっとする。

「……と、こういう調子やね。サブリース契約自体は違法ではないし、まっとうにやろうとしている業者もいる。でも、サブリースでトラブルが起こってるのも事実なんよ。悪質な業者はオーナーが修繕費用を負担することを黙ってたり、勝手に賃料を下げたり、事前の説明なく契約を打ち切ったりする」

ロンはうなずきながら耳を傾けた。確かに、知識のない人間ならころっと騙されてもおかしくない。

「もっとひどいケースもある。たとえば、入居者は家賃を払ってるのに、仲介会社が適当なこと言ってオーナーに賃料を払わんとかね。裁判を起こそうにもお金も時間もかかるから、オーナー側も泣き寝入りする場合が多い。他にも契約書を二重で用意して差額を着服するとか」

「めちゃくちゃじゃないですか」

「そういう輩《やから》は、めちゃくちゃを承知でやってるんよ。どうせ通報されへんし、バレへんと高をくくってる」

大月は口をへの字に曲げた。本心から怒っているらしい。

「質問、いいですか」

「どうぞ」

「大月さんって、不動産会社の顧問弁護士ですよね。そういう詐欺同然のやつらを擁護しなきゃいけない時もあるんじゃないですか」

それを聞くなり、はっはっはっ、と大月は高笑いした。

「いいとこ突くねえ、ロンくん。その通り。弁護士のなかには悪質な不動産業者の肩を持つやつもおる。ま、人様の仕事にどうこう言うつもりはないから、口挟むことはないけど。ただ、私自身はそういう会社やとわかったらすぐ手を切るようにしてる。危ない橋渡ってる人たちと手を組んでも、先々を考えたらええことないからね。私はそういう擁護はせえへんと決めてる」

「正義の弁護士っすね」

「ええこと教えよか。長い目で見たら、結局、正しいことをしてたほうが儲かるんやで」

大月はにやりと笑った。ベテラン弁護士の凄《すご》みが垣間《かいま》見《み》える。

「とにかく、最近はそういう悪質な不動産業者に騙される人が、若い世代に増えてる。そしてマッチングアプリがその温床になってるってこと。ロンくんは〈山下町の名探偵〉なんやし、若い人と接する機会も多いやろ。だから啓発活動ちゃうけど、周りの人らにも広めといてほしい。これは、いち弁護士としてのお願い」

つまり、大月は若い世代への警鐘を鳴らすため、ロンに情報を伝えたということらしい。

ロンは「もいっこ質問」と言って手を挙げた。

「二十代、三十代なんて金ないじゃないですか。騙すならもっと金持ってそうな人狙《ねら》えばいいのに」

「そら高齢者とか、中年も標的にはなる。でも二十代、三十代はね、コントロールしやすいんよ。こういうんは、社会経験が少なくて押しの弱い人がターゲットになりやすい。それに若い人ほど将来への不安もあるやろうからね。金なんか、借金したらなんぼでも用意できるから」

さらりと恐ろしいことを口にする。

「その悪質な業者って、どんなやつなんですか？」

「一例やけど、私が聞いたんは二十代のかわいい女の子やね。男性の被害者やけど、その子との何度目かのデートで不動産業者を紹介されて、あれよあれよという間に契約へ……という感じ。私たちの将来のことを考えて、とか言われたみたいやね。それもサブリース契約で、結局はひと月くらいで賃料支払いが打ち切られたみたい」

聞けば聞くほどひどい話である。ロンはつい、思っていたことを口にしていた。

「そいつ、俺が捕まえてもいいですか」

「捕まえてどうするん？」

「説得っていうか……悪いことしてるってわからせるべきじゃないですか」

「そこまでしてくれとは言うてへん」

大月はきっぱりと言い切った。

「でも、警察には相談してないですよね」

「民事不介入やからね。刑事事件を起こした証拠でもあれば別やけど」

「だったらなおさらじゃないですか。警察ができないなら、俺がやるべきじゃ……」

「ロンくん」

大月はさらに語調を強めた。顔からは、会議室に入った時の朗らかさが消えている。

「自分、危ないこと言うてるって自覚してる？」

上目遣いでにらむ大月には迫力があった。

「何がですか」

「許せんからって勝手に身元を特定するなんて、市民による私刑と同じやで。いくら名探偵でも私刑はあかん。憶測だけで私刑に踏み込んだら、いずれ冤罪《えんざい》が生まれる。きみには人を罰する権限はない。私がきみに頼んだのは、あくまで周知すること」

ロンは昨年関《かか》わった、ある出来事を思い出していた。悪質な転売屋が、過激化したファンに路上で襲われた事件だ。あれも市民による私刑だった。

「……わかりました」

「わかってくれればオッケー」

「ただ、友達が悪質業者に引っかかりそうになったら助ける。これはいいですよね」

大月は目を細めたが、「任せるわ」と言った。

「見てたら危なっかしいから、一個だけ説教しとくけどな。私はきみを面白い子やと思ってる。友達も多いんやろうと思う。でも、すべての大人がきみに好意を持つとは限らん。どこかで恨みを買ってるかもしれんし、心底憎んでいるやつもおるかもしれん。危ない、と思ったらすぐに身を引くこと」

「はーい」

ロンが軽やかに答えると、がくっ、と大月は首を折った。

「そういう軽さがええところでもあるんやけど……」

ロンは事務所を後にして、横浜駅へと向かう。平日の昼間、駅構内には数えきれないほどの人が行き交っていた。このなかから運命の相手を探すなんて、途方もなく難しい作業に思えてくる。

――マッチングアプリに頼りたくなる気持ちもわかるな。

JRの改札を通り抜けながら、そう思った。

日曜の夜、ロンは自室でノートパソコンに向かっていた。

「話すの、何日ぶりだっけ？」

イヤフォンをしたロンが、付属のマイク越しに話しかける。ディスプレイには端整な顔立ちの女性が映し出されていた。切れ長の目に、透き通るような白い肌。長い黒髪は後ろで束ねている。ウェブ会議ツールの接続先にいる彼女――ヒナはすぐに答えた。

「みんなで初詣《はつもうで》に行ったのが最後でしょ」

「じゃあ二週間ぶりか」

一月一日の朝、ロンは幼馴染みのヒナやマツ、ラッパーの凪《なぎ》といった友人たちと初詣に出かけた。もっとも、参拝したのは中華街のなかにある媽祖廟《まそびょう》だから移動時間はほとんどかからなかった。ヒナが大学受験を目前に控えていることもあり、近場で簡単に済ませることにしたのだ。

「どうよ、手ごたえは」

「どうだろ。少なくとも八割はいってると思うけど」

昨日と今日の二日間は大学入学共通テスト、通称「共テ」だった。ヒナは横浜国立大学の理工学部を志望しており、二次試験を受けるには、共テで一定の点数を取らなければいけない。大学受験など考えたこともないロンは、ヒナから聞いて初めてその仕組みを知った。

オンラインで定期的に話すのは、二人にとって当たり前の習慣だった。だがこの二週間は、共テの直前ということもあって控えていたのだ。

「八割ってどれくらいのレベルなんだ？」

「年にもよるけど、二次試験には進めるかな」

「上出来じゃん」

高校を中退したヒナが大学受験の勉強をはじめてから、まだ一年と経《た》っていない。この一年のうちにヒナは高認に合格し、共通テストで八割を取るまで学力をつけた。努力の成果には違いないが、素質がなければ難しいのも事実だった。

「やっぱりヒナって、尋常じゃなく頭いいよな」

「そうでもないよ。記憶力は人よりちょっとだけいいかもしれないけど」

「ちょっと、か……？」

ヒナには一目見たものを記憶できるという特技がある。本人は周囲に隠しているつもりのようだが、ロンにはとうにバレている。ヒナの手にかかれば、教科書を暗記することなど造作もないだろう。

「涼花《すずか》はどうだったんだろうな」

高校三年生の涼花は、ある事件をきっかけに知り合ったロンたちの友人だった。彼女も大学受験のため、共通テストを受けたはずだ。

「わたしのとこには連絡来たよ。数学がダメだったけど後はできたって」

ヒナがさりげなく言った。ロンは一抹の寂しさを覚える。

「俺にはまだ連絡ないな」

「同じ受験生だから、わたしに連絡したんでしょ。すねるようなこと言うと、うっとうしがられるよ」

言葉が胸に刺さる。痛いところを突かれた。

「すねるとかじゃないけど……あ、そうそう。ヒナに頼みたいことあったんだ」

なんとなく恥ずかしくなったロンは話題を変えた。

「ヒナってマッチングアプリやってる？」

「は？　やってないけど？」

ヒナの顔色が変わった。ロンの発言を疑うように、長いまつげをパチパチと開閉させている。眉間には皺が刻まれていた。

「つい最近まで引きこもりだった人間が、やってるわけないじゃん。なに、ロンちゃんやってるの？　ネットに疎い化石人間みたいなロンちゃんが？」

「化石人間って……この間、知り合いの弁護士から物騒なこと聞いてさ」

ロンは先日、大月弁護士から聞いた一部始終を話した。ヒナはロンがマッチングアプリをやっていないと聞いて安心したようである。

「なるほどね。それで、頼みたいことって？」

「SNSで、さりげなくそういう情報拡散できるかな」

ヒナはSNSで複数のアカウントを同時に運用している〈SNS多重人格〉である。ネット上で、年齢も性別も職業もバラバラの人物たちを演じている。なかには、数万人のフォロワーを持つアカウントもあった。

「いいよ。今度、発信しておく」

すんなり請け負ったヒナは、細い顎に手を当てた。

「ただ、わたしたちの周りでマッチングアプリやってる人っていないよね。凪さんは今、彼女いるし。欽《きん》ちゃんはそういうの嫌いそうだし」

欽ちゃんこと岩清水《いわしみず》欽太《きんた》は、年上の幼馴染みである。神奈川県警刑事部捜査一課の捜査官で、恋愛に関しては想像を絶する奥手だった。

「俺らの知り合いでやってるやつって言ったら、マツくらいか」

「ああ。マツはやってたね」

「しかもあいつ、惚《ほ》れっぽいよな」

うんうん、とヒナがうなずく。ロンとヒナはマツと保育園からの付き合いのため、彼の恋愛遍歴はよく知っている。

初恋は小学校で同じクラスになったユリちゃんで、三年生の時に好きだと告白したがあっさり振られた。六年生の時はシノブちゃん。中学に上がってからはみんなの憧《あこが》れのマコ先輩。マツは好きになると本人に言わずにはいられないらしく、アタックしてはそのたび玉砕していた。

ヒナは「実はね」と声のトーンを落とした。

「中学の時、マツのこと好きな子がいたんだけどね」

「そうなの？　なんで言ってやらなかったの？」

「他人が言うのは違うでしょ」

その一言でロンは妙に納得した。たしかに、本人が伝えないと意味がすり減ってしまう言葉というのはある。

「追いかけられるより、追いかけたいタイプなんだろうな」

ヒナが「だろうね」と同意する。

「誰かさんも同じだと思うけど」

「誰って?」

「別にぃ」

ディスプレイのなかのヒナは、冷たい目をしてあさっての方向を見ていた。


約二週間にわたる春節期間に入った中華街は、いつにも増して賑《にぎ》やかだった。

春節前夜にはカウントダウンイベントが催され、お祝いのために大勢の人が集《つど》った。一部の店では期間限定の福引が行われたり、福袋が売られたりしている。夜には龍を模したイルミネーションや鳳凰《ほうおう》のランタンオブジェ——春節燈花《しゅんせつとうか》が点灯する。

夕方、ロンは中華街からほど近い居酒屋で人を待っていた。アルコールを受け付けない体質のロンは、ウーロン茶を飲みながら一人でチャンジャをつまんでいる。間もなく、ここにマツが来るはずだった。

——相談したいことがある。

マツから電話があったのは昨夜のことだ。珍しく深刻な声音だった。用件は口にしなかったが、茶化せる雰囲気ではなかった。中華街だと知り合いに会うかもしれないからと、この居酒屋を指定する念の入りようだった。

ロンがチャンジャをあらかた食べ終えた頃《ころ》、ダウンジャケットを着たマツが現れた。

「生ビールと、唐揚げください」

マツは店員に注文してから席についた。ロンが「お前さ」と声をかける。

「あれだけ実家で唐揚げ食ってるのに、ここでも？」

「たまにはよその唐揚げが食いたくなるんだよ」

すぐにジョッキが運ばれてきた。ウーロン茶とビールで乾杯すると、マツが「早速なんだけど」と切り出す。

「彼女ができた」

ロンはウーロン茶を噴き出しそうになる。

「マジで？」

「マジなんだよ、これが」

マツは真剣だった。本人いわく三年ぶりの恋人らしい。

「よかったな。どこで知り合ったんだ？」

「アプリで」

マツが名前を挙げたのは、ロンでも知っている有名なマッチングアプリだった。そういえば、まだ大月弁護士の話はマツにはしていない。だが今はとてもできるような雰囲気ではなかった。

「彼女はどんな人？」

「二つ年上の社会人なんだけどさ」

ビールを飲みながら訥々《とつとつ》と話すマツを、ロンはしみじみとした気持ちで見ていた。振られてばかりだったが、今度こそいい人と巡り会えたのだろう。緩んだ表情を見ているだけで、マツの喜びは伝わってくる。

「写真もあるんだよ。嫌がってたけど、一枚だけ撮らせてくれた」

頼んでもいないのに、マツは自らスマホを見せてくる。そこにはだらしない顔のマツと、笑顔の女性が写っていた。女性は目鼻立ちがはっきりしていて、薄茶色に染めたセミロングの髪がよく似合っている。

「綺麗《きれい》な人だな」

「だろ？　こんな美人と付き合えるなんて、まだ信じられない」

マツは満面の笑みで唐揚げを頬張る。

その後もマツは得意げに彼女のプロフィールを語った。名前は新藤《しんどう》シオン。都内で働くエステティシャンで、二十五歳の実家住まい。

「ギャンブルのこと話したのか？」

「話してない。話してない、けど……」

マツは意を決したように、ジョッキを握りしめ、目を見開いた。

「俺、ギャンブルやめるわ！」

テーブルには沈黙が漂った。

「……正気か?」

「正気だよ。めちゃくちゃ悩んだけど、それしかない。今までギャンブルやってたせいで振られてばっかりだったけど、シオンとは絶対に別れたくない。だから今後一切、足洗うことにした」

おお、とロンは感嘆の声を上げた。友として喜ぶべき場面なのかもしれない。ここは素直に応援するのが筋だろう。だが、マツが賭《か》け事をやめると宣言したことなどこれまで一度もなかった。嬉《うれ》しいというよりもはや不気味だ。だがマツは真剣な顔でロンを見ている。

「そこで相談なんだけどさ」

「なんだよ。怖いな」

「たぶん、放《ほ》っといたら誘惑に負けてパチスロとか競馬に行っちゃうと思うんだ。だから、俺のこと監視してほしい」

「はあ?」

つい裏声で訊いていた。マツはいたって真剣な顔で、自分のスマホを指さす。

「このスマホに、GPS追跡アプリを入れる。前にロンも使ってただろ。自分の位置情報をヒナに伝えるために」

ロンは以前、特殊詐欺グループにさらわれた時のことを思い出す。マツが言うように、その時スマホには位置情報を伝えるアプリを入れておいた。おかげでさらわれた場所をヒナに伝えることができた。

「つまり……お前のスマホに追跡アプリを入れるから、それを常時監視してくれ、ってこと？　パチスロとか馬券売り場に行かないように？」

「察しの通り」

ロンは「嫌だよ」と一蹴する。

「なんで俺がそんなこと」

「頼む。ロンしか頼める相手いないんだよ。ヒナは受験でそれどころじゃないし、凪も欽ちゃんも忙しそうだから」

実際、ロンはヒマだった。その点で異論はない。

「否定はしないけど……でも、四六時中は見てられないって」

「たまにでいい。気付いた時だけでいいからさ。誰かの視線があるってことが大事なんだよ。な。俺とシオンが末永く付き合えるように協力してくれよ。お願いします」

マツはテーブルに手をついて頭を下げた。ここまでされれば受けないわけにはいかない。ロンは「わかったよ」と答えてウーロン茶に口をつける。マツは勢いよく顔を上げた。口元がほころんでいる。

「やってくれるのか？　ありがとう！」

「宣言通り、ちゃんとギャンブルやめろよ」

「当たり前だろ」

マツは嬉々《きき》として、その場で自分のスマホに追跡アプリをインストールした。シオンという彼女によほど入れ込んでいるらしい。その喜びようをほほえましく思いつつ、ロンの胸にはわずかな不安がよぎっていた。

マツには悪いが、シオンとの交際は都合がよすぎるように感じた。マツが悪い人間じゃないことは知っている。だが彼の恋愛遍歴を知っているロンとしては、あまりにもすんなりいきすぎているのが引っかかった。

「この流れで言うのは気まずいんだけど」

マツはスマホをいじりながら答えた。

「なに？　シオンとのなれそめ、もうちょっと聞きたい？」

「それはいい。マッチングアプリが悪質業者の温床になってるって話、知ってるか」

軽快にスマホを操作していたマツの指がぴたりと止まった。

「知ってるっていうか、会ったことある」

こんな身近に、体験者がいるとは。ロンは内心同情しながら「いつ？」と尋ねた。

「半年前。同じくらいの年の子だったけど、二回目のデートでいきなり太陽光発電に投資しないかって話持ち出されてさ。ファミレスで二時間、営業された」

「その時は相手のこと好きだったから、まじめに聞いてたんだけど。途中でぽろっと、私の彼氏がー、とか言い出したんだよ。彼氏いるのかよ、と思ってがっかりして、二度と会わなくなった」

「それで?」

ロンは「ん?」と首をひねる。マツも「え?」と問い返した。

「つまり、マツはその投資話を素直に聞いちゃってたってことか?」

「いや、後になって怪しいなとは思ったよ。でも、ファミレスでは信じてた」

「もしその子に彼氏がいなかったら、投資してたか?」

「まあ、してた可能性はある」

ロンは盛大なため息を吐いた。「可能性はある、じゃないだろ」と呆《あき》れつつ唐揚げを頰張る。悪くない味だが、「洋洋飯店」のほうがおいしい。

「一応聞いておくぞ。その彼女は、投資話とか持ち出してないだろうな?」

「まさか。シオンはそういう子とは違うから」

マツの目はまぶしいほど輝いていた。その輝きが、ロンをさらに不安にさせる。

——大丈夫だとは思うけど。

マツは「ここのも悪くないな」と言いつつ、もう一つ唐揚げを食べた。

翌日から、マツの居場所を監視するのがロンの日課になった。とはいえ、チェックするのは日に一、二度だ。マツがいるのは中華街近辺か柔術道場、または勤務先のジムで、それ以外にはほとんど出かけていないようだった。

——何が悲しくてこんなことを……

ロンは虚《むな》しさを覚えたが、約束した以上勝手にやめるわけにもいかない。

一週間が経った頃、マツがロンの家に遊びに来た。ロンの自室にあぐらをかいたマツは、持参したコーラを飲みながらにやついていた。

「どう、見てる？　ちゃんと我慢してるだろ？」

「ネットで馬券買ったりしてないだろうな」

「大丈夫。耐えてる」

自信満々の口ぶりは、嘘《うそ》をついているようには聞こえなかった。本当に我慢しているのだろう。

「彼女とは会ってるのか？」

「いや。次に会うのは来週日曜。向こうは住んでるの都内だし、仕事もあるから」

取り立てて不自然な点はないはずなのに、先入観のせいか、新藤シオンという女性が妙に怪しく思えてくる。彼女について調査したい気持ちはあったが、ロンは堪《こら》えていた。大月の言葉が蘇《よみがえ》ったからだ。

——憶測だけで私刑に踏み込んだら、いずれ冤罪が生まれる。

——きみには人を罰する権限はない。

その発言はまっとうだった。だいたい、ロンはシオンについて何も知らない。疑いを持つ根拠すらない。それなのに相手を調査するなんて、もってのほかである。ロンは密《ひそ》かに反省していた。

「ロン、どうした？　聞いてるか？」

考え事に気を取られ、ぼんやりしていた。ロンが「ごめん」と応じると、マツはさっきまで話していたことを再度繰り返した。

「実はさ……今、就職も考えてるんだよ」

「就職？」

まさか、マツの口から就職の二文字が出るとは思っていなかった。普段から「柔術家兼ギャンブラー」として生きていくと公言していたマツに、最も似つかわしくない言葉である。

「どうした、マツ。風邪ひいてるのか」

「めちゃくちゃ健康だって。去年から、ジムのマネージャーが正社員に誘ってくれてるんだよ。正社員になったら道場に通う時間減るから断ってたんだけど、収入は増えるし、立場も安定するし、それも悪くないかなと思って」

ロンは啞然《あぜん》とした。まるで別人と話しているようだ。

「それ、家族にも言ったか？」

「親に話した。やっとその気になったか、って喜んでた」

両親からすれば、この際「洋洋飯店」の後継問題はどうでもいいのだろう。息子が正社員としてまじめに働いてくれれば万々歳、というわけだ。

「それもシオンのためか？」

「まあな」

「いいのか。柔術やる時間、なくなるかもしれないんだろ」

あまりに急な変わりように、ロンは面食らっていた。つい最近まで「柔術家兼ギャンブラー」を名乗っていた男が、ギャンブルをやめ、柔術まで諦《あきら》めようとしている。そこまでアイデンティティを手放す必要があるのだろうか。

マツはしばし沈黙していたが、じきに「いいんだ」と言った。

「完全にやめるわけじゃない。カンさんも応援してくれたし」

「道場の先輩か」

「そう。マツが幸せになるなら応援する、って言ってくれた」

その気持ちはロンも同じだ。だが、さすがに急ハンドルを切りすぎではないか。シオンとの将来を考えていると言っても、まだ付き合いはじめたばかりだ。惚れているというだけでは説明がつかないように思えた。

「マツ。本当に、それで納得してるのか」

「当たり前だろ」

「何か、他に理由があるんじゃないか。俺にも言えないことか？」

マツの顔がこわばる。無言の空気から動揺が伝わってきた。

「正直に言ってくれ。ギャンブルやめるのも就職するのも、いいことかもしれない。でも俺は、そのうち反動が来そうで怖いんだよ。何か困ってることがあるなら、一緒に考えよう。そうやって解決してきただろ。ヒナのことも凪のことも。お前だけ黙ってるなんてナシだからな」

ロンは金も権力も名声も、何一つ持ってはいない。だが、人の縁だけはある。友人や地元の人々、事件を通じて知り合った知人たちとの縁がある。トラブルが起これば、縁を頼って行動を起こすことができると知っている。

マツの口は重かった。腕を組んでうつむいたまま、一言も発さない。ロンは急《せ》かさずに待った。反応から、マツに隠し事があるのは間違いない。あとは本人が口を開くのを待つだけだった。十分以上かかって、ようやくマツはぽつりと言った。

「……金がいるんだよ」

なぜだか、ロンは驚かなかった。そういう答えが返ってくるだろうという予感があった。

「競馬やパチスロで浪費してるのは自分でもわかってるから、ギャンブルはやめた。正社員になれれば収入も増える。だから、これでいいんだよ。金を稼ぐためには」

「なんで金がいる？」

知りたいのはそこだった。マツは首を振り、重い息を吐いた。

「わかった、話す。その代わり、変な勘繰りはやめてくれ」

マツの言う「勘繰り」が何のことか、話を聞かないことには判断できない。

「とにかく話してみろよ」

まだ気が進まないようだが、マツはぽつりぽつりと、この二か月に起こった出来事を語りはじめた。

*

シオンと知り合ったのは、去年の十二月だった。

凪の件が落ち着いた直後だよ。マッチングアプリは前からやってたけど、最近はまともに見てなかった。でも凪が幸せそうなの見てたら、自分も恋人ほしいなって気分になってさ。プロフィールに細かく書き込んだり、写真変えたりしてみたんだよ。何人か、気になる相手にもアプローチしてみた。

それで最初にマッチングしたのが、シオンだった。

正直、すごい美人だったからデートも緊張したな。みんな、アプリの写真って写りがいいやつとか、加工したやつ選ぶんだよ。もちろん俺もそうしてる。まあ、言っちゃ悪いけど、会ったらだいたい写真ほどのルックスじゃない。俺もね。だからお互い、そこは割り引いて覚悟しとくんだけど。

でもシオンは違った。写真通りの美人で、まずそこにびっくりした。そんな人、普通いないから。

なんで俺とマッチングしてくれたのか訊いたら、「鍛えてる人が好き」って言ってた。これも信憑性《しんぴょうせい》あるだろ。変に「話が合いそう」とか「趣味が似てる」とか無難なこと言われるより、具体的でいい。

最初はカフェでご飯食べて、二回目は飲みに行った。話もめちゃくちゃ盛り上がった。二歳上だけど、ゲームもやってて普通に趣味も合ったし、好きな音楽も似てるし、これもう奇跡だなと思って。この人逃したら絶対後悔すると思ったから、好きです、って二回目から何度も言ってたんだよ。でも「ありがとう」ってかわされて、そこはモヤモヤした。何か隠してる感じは俺にもわかった。

三回目のデートは、奮発してみなとみらいのホテルにした。その日に絶対付き合おうと思ってたから、勝負で。服もわざわざ買った。唐揚げ食いてー、とか思いながらフレンチ食べてさ。バーに行ってから言ったんだよ。「付き合ってほしい」って。

でもシオンはやっぱり受け入れてくれなかった。

「わたし、男の人と付き合っていい女じゃないから」

マッチングアプリに登録してるのに、そう言った。意味不明だろ。でも、色々訊いたらやっと話してくれた。

シオンはな、前に同じマッチングアプリで騙されたことがあったんだよ。サブリース契約とかいうやつで、信頼してた男の口車に乗せられて、ものすごい借金背負っちゃったんだと。それに懲りていったんアプリはやめたんだけど、どうしても寂しさに耐えられなくて、一回だけってことでマッチングしたのが俺だったんだ。

「多額の借金背負った女となんて付き合っちゃダメだよ。わたし、彼女になる資格ない」

そんな話聞いたくらいで、俺の気持ちは変わらない。わんわん泣いてるシオンを一生懸命慰めた。

「心配しなくていい。そんなことで嫌いになるわけないだろ。借金があるなら、返していけばいいよ。俺も一緒に返すから」

それでもまだシオンがためらっていたから、最後にもう一押しした。

「わかった。なんなら、俺がシオンの借金全部返すから。だからそんなことで俺から離れないでほしい。いいか？」

そこでようやく泣き止《や》んで、首を縦に振ってくれた。

そういうわけだから、俺には金がいるんだよ。シオンの借金は俺の借金だ。一刻も早く返さないといけない。もう、直近の返済期限が迫ってる。

＊

話を聞き終えたロンは、苦々しい顔で天を仰いだ。

「ややこしいな、これは」

「ややこしい？」

「いや、こっちの話」

ロンの直感に過ぎないが、シオンはクロだとにらんでいた。タイミングを見計らって、マツを投資やネットワークビジネスに引き込もうとしているのだろう、と。しかし彼女が語った背景はもっと複雑だった。

仮に本当に騙されたのだとしたら、シオンは悪質業者どころかその被害者だ。マツが借金を肩代わりするのが正しいかは別として、彼女を怪しむのはお門違いということになる。

ただ、ロンの胸に違和感が残っているのも確かだった。

「借金っていくら？」

「三百万」

ロンはうなった。絶妙な金額だ。大金には違いないが、途方もない金額、というわけでもない。

「普通、そんな大金借りられる？　エステティシャンなんだろ？」

「ローンで借りたんだけど、サブリース契約を打ち切られたから今すぐ返さなきゃいけないんだって。しかも、近いうちに一括で。詳しくはわかんないけど」

ロンもその辺りの事情は疎い。少なくとも、シオンが嘘をついていると断言することはできなかった。

「前に地面師の事件あっただろ。あの時に大月さんって弁護士と知り合ったから、その人に相談してみたらどうだ？」

「シオンは誰にも話したくないんだって。俺にだけ明かしてくれたんだ」

ロンは納得した。マツがこれまで事情を黙っていたのは、口止めされていたからだ。シオンの周到さを感じる一方、できるだけ知られたくないと思う気持ちも理解できた。要は、この情報だけではシオンがクロかシロかは断言できない。

「でもお前だって、三百万なんて持ってないだろ」

「だから借りようと思ってる。シオンの借金はそれで清算して、俺のほうに集める。あとは俺がコツコツと返していけばいい」

「……いやいやいや」

ロンは拳でフローリングを叩いた。

「冷静になれ。法的にそんなことがあり得るのか、確認してからでも遅くないだろ」

「他に手はない。返済期日は迫ってる」

「彼女が本当に三百万の借金をしてるのかどうか、それもわからないのに？」

つい、口が滑った。シオンを疑うようなことは言わないでおこう、と決めていたのに。

マツの表情が曇った。

「シオンが嘘ついてるって言いたいのか？」

「可能性の話としてだよ。もし三百万渡した途端に彼女が逃げたら、どうする？　マツはただ借金背負っただけになるぞ」

「俺の彼女を疑うのか？」

「だから、色々確認しろって……」

「俺はシオンを信じる。もう、他に頼れる人間がいないんだ。俺が味方になって何とかしてやらないと、一人ぼっちになる」

――ダメだ。

マツはシオンを信じきっている。誰が何を言おうと聞く耳を持たないだろう。ロンとしても、彼女の証言が虚偽だと切り捨てるつもりはない。ただ、マツのように盲目的に信じることもできなかった。

「俺はとにかく、正社員になる。仕事に慣れたらダブルワークをしてもいい。そしてシオンの支えになる」

「待てって」

「じゃあな」

ロンの制止も聞かず、マツは部屋を出て行った。

本人は冷静なつもりかもしれないが、傍目《はため》からはマツが暴走しているようにしか見えない。思いきりがいいのはマツの長所だが、時に長所は短所ともなる。

こういう時に頼れるのは人の縁だ。ロンはスマホに登録している番号をタップして、電話をかけた。相手はすぐに出る。

「ミスティ法律事務所、大月です」

「小柳です。この間のマッチングアプリの件で、訊きたいことあって。たとえばの話なんですけど……」

電話の向こうの大月に、ロンは一部始終を語りはじめた。

翌週日曜、夜九時。ロンは桜木町《さくらぎちょう》駅北改札のほど近くにいた。

マスクをしてキャップを目深にかぶったうえ、伊達《だて》メガネまでかけている。変装のつもりだ。アウターは普段着ているものではなく、良三郎のコートを借りてきた。知り合いであっても、よほど近くで見ないとロンとは気付かないだろう。

駅構内の書店で本を物色するふりをしながら、改札の正面にいる男女を観察していた。男のほうはダウンジャケットに真新しいジーンズとスニーカー。坊主頭にはニットキャップをかぶっている。女のほうは白いコートにブーツ。笑うたび、茶色に染めたセミロングの髪が揺れる。

マツとシオンは改札前で、かれこれ十五分もしゃべっていた。

——いつまでだべってるんだよ、こいつら。

二人は昼下がりに桜木町駅で集合した後、ブルク13で映画を観てから、ランドマークタワーで夕食を食べた。さっきまで駅のカフェでコーヒーを飲んで、ようやく解散だと思ったら、改札前で名残惜しそうに話しはじめた。

——そろそろ帰ってくれないかな。

昼から二人を尾《つ》けているロンは、すっかりくたびれていた。

デートを尾行しようと決めたのは、昨日のことだ。

マツの告白を聞いてから一週間経ったが、どうしてもシオンへの疑念が捨てきれない。はっきりさせるには、彼女の身元を探るしかなかった。ただし、シオンが口外することを嫌がっている以上、ヒナたちには話せない。ロンが一人でやるしかない。

尾行は難しくなかった。見失っても、マツの位置情報は筒抜けのため問題ない。ロンが観察する限り、シオンの行動に不審な点はなかった。普通にデートを楽しんでいるようにしか見えない。改札前で話している今も、笑いながらマツの腕にじゃれついている。

幸せそうな二人がほんの少し、羨《うらや》ましかった。

ロンにも高校二年から一年付き合った彼女がいた。一つ下の学年の女子で、ある日突然、下校中に告白された。いやな気はしなかったし、断るのも悪いと思い、「とりあえず友達から」ということでオーケーした。だが、彼女のほうは友達だと思っていなかったようで、すぐにロンは恋人ということになった。

付き合っている間、ロンは常に受け身だった。遊びや食事に誘うのも、家に行くのも、毎日の連絡も、いつも彼女からだった。ロンはただ、流れに身を任せるだけだった。

彼女のことは好きだった気もするし、そうでもなかった気もする。はっきり言えば、人を好きになるということ自体に確信が持てなかった。家族や友人を大事に思う気持ちはわかるけれど、誰かに恋するという気持ちが、ロンにはピンとこない。だから他人からの恋心にも疎かった。

男としての下心はある。でもそれは恋とは違う気がする。

彼女はよく耐えた。反応の薄いロンを粘り強く誘い、まめに電話をくれた。だが一年が経ち、さすがに堪忍袋の緒が切れた。

——龍一先輩ってわたしのこと好きじゃないですよね。

そう言われて、きっぱり振られた。悲しいとも思わなかった。こんなもんか、というのが率直な感想だった。それ以来、彼女はいない。

いつか、胸を張って誰かを好きだと言えること。それがロンにとってのささやかな夢だった。

結局、マツとシオンは三十分ほど立ち話をして、ようやく改札を通った。ロンも距離を保ちつつ、後を追う。

やがて、下りの京浜東北線が先に来た。マツは何か申し出ているようだが、シオンが首を横に振っている。家まで送っていくかどうかで揉《も》めているのだろう。諦めたのはマツのほうだった。滑りこんできた車両に乗り、動き出してからも、シオンが見えなくなるまで手を振っていた。

ホームにはシオンが一人、残された。ロンは気合いを入れる。ここからが本番だ。

シオンが上りの京浜東北線に乗り込むと、ロンは同じ車両に乗った。つきまといに問われかねない自覚はあるが、親友が三百万の借金を背負おうとしているのを黙って見ているわけにもいかない。

座席に腰を下ろしたシオンは、延々とスマホをいじっていた。十五分ほど乗り、川崎駅で出口に向かった。ロンもそれに続く。

改札を抜けたシオンは、きょろきょろと辺りを見回していた。マツは都内に住んでいると言っていたが、家路につく雰囲気ではない。まさか、とロンが思った瞬間、三十代と思しきスーツの男が駆け寄ってきた。シオンの顔に笑顔が弾《はじ》ける。そのまま二人は手をつないで、雑踏のなかへ消えていく。

「あちゃあ」

つい口から出ていた。まだ、そうと決まったわけではない。男は家族かもしれないじゃないか。

かすかな期待も空しく、くっつきながら歩く男女は、駅周辺のホテルへ入っていった。もはやロンは確信していた。シオンは二股《ふたまた》をかけている。

――マツにどう話すか。

駅へ戻る道をたどりながら、頭のなかはそのことで一杯だった。マツいわく、シオンは借金を負ったことで自分を責め、「わたし、彼女になる資格ない」とまで言ったはずだ。その彼女が別の男と二股をかけているのは解せない。どこまで事実かはわからないが、シオンの発言には嘘が含まれている。こうなると、三百万の借金という話そのものが疑わしくなる。

仮定の話と断ったうえで、大月にもシオンのことは話した。大月は「契約内容次第やからなんとも言えんけど」と前置きしたうえで、こう語っていた。

「本当にローンを組んだんなら、サブリース契約が解消したからっていきなり残金を払えというのは無茶な印象があるなぁ。貸した側からしても取りこぼしのリスクがあるし。そもそも一括で大金が払われへんから、ローンを組んだわけやしね」

大月は電話口で「なんかあったん？」と訊いてきたが、適当にごまかした。

大月の見解からも、シオンの話はやはり疑わしい。だが、彼女がマツを騙していると確定できる材料はどこにもなかった。二股しているからといって借金が嘘だと断言はできないし、三百万円の請求が虚偽だと断じる根拠もない。これ以上調査をすることは、現状難しかった。

ロンにできるのはここまでだ。この件はマツが自分でケリをつけるしかない。疲労感に包まれながら、ロンは下りの京浜東北線に揺られた。

石川町駅から中華街へ歩いている最中、スマホが震動した。電話の着信だ。〈菊地妃奈子〉の名前が表示されている。ちょうど今頃、二次試験に向けた最後の追い込みのはずだが。

「どうした、ヒナ？」

「あのさあ」

その一言で、ヒナの不機嫌さが伝わってきた。ロンはとっさに身構える。

「なんでございましょう」

「また、わたしに秘密で何かしてるでしょう」

ロンは沈黙した。まさか、ヒナにばれているとは思わなかった。

「なんでそう思う？」

「マツから連絡あったの。ジムの正社員になるって。ギャンブルも足洗ったって言うから、おかしいと思っていろいろ問いただした。彼女の借金肩代わりするためとか言ってたけど、ちょっと不自然だよね。訊いたらロンちゃんにも話したっていうから、どうせ一人で尾行でもしてるんだろうと思って。どう？　図星？」

「……はい」

はあ、とヒナが嘆息する声が聞こえた。

「言っとくけど、マツの幼馴染みはロンちゃんだけじゃないからね」

「黙ってたのは悪い。でも、シオンは口外してほしくないって聞いたから」

「マツの彼女？　それも本当かどうかわからないよね。だいたい、デート三回しただけの相手に三百万の借金肩代わりしてもらおうと思う？　仮に本当だとしても、普通の神経じゃないと思うけど」

怒りに駆られているせいか、ヒナは辛辣《しんらつ》だった。

「こうなったら、できることは全部やろう」

「全部、って？」

「決まってるでしょ。調べ上げるんだよ」

電話の向こうで、ヒナがにやりと笑うのが見えた気がした。

「でもいいのか。受験勉強が……」

「その程度で合否の結果が変わるような、やわな勉強やってないよ。受験は最後の追い込みより、コツコツ培ってきた地力がものを言うの。わかった？」

ロンは「わかりました」と言うしかない。

受験の邪魔をするようで悪いが、ヒナの力を借りられるのは心強かった。ロンから口外するのはＮＧでも、マツが勝手にしゃべってしまったのだからしょうがない。

「マツと約束したからね。マツがトラブルに遭ったら、その時はわたしが助けるって」

自宅に引きこもっていたヒナが外に出るきっかけを作ったのは、ロンやマツ、凪、欽ちゃんといった友人たちだった。隣人が窮地に陥れば、助ける。それが、ロンたちの行動原理だった。

「さあ、どこから手をつけようか」

心なしか、ヒナの声はどこか楽しそうだった。

＊

女でいることはお金がかかる。

わたしが浪費することを望んでいるんじゃない。望んでいるのは世間だ。

綺麗でいろと世間が言うから、わたしたちはメイクをして、脱毛をして、たくさん洋服を買う。パーソナルカラー診断をするのも、自分に合うメイクの方法を勉強するのも、流行の服を着るのも、整形やダイエットをするのも、全部世間がそうしろと言うからだ。

本当に自由にしていいなら、毎日ジャージにすっぴんで出歩きたい。メガネをかけて、箱入りのアイスバーをかじりながら街中を歩きたい。でもそれは許されない。少なくとも、二十代の女には。

たまに世間体を捨てきったおじさんを見かけるけど、心の底から羨ましい。汚れた服に乱れた頭髪。だらしない体型に汗くさい体臭。ああやって生きられたら、どんなに気楽だろうと思う。

世間はああしろこうしろと言うくせに、お金の心配はしてくれない。綺麗でいろ、美しくあれ、と言うくせに費用は持ってくれない。だからわたしは自力で予算を調達するしかない。そうしないと、世間のなかに居続けることができないから。あのおじさんみたいに、あるいはかつての自分みたいになってしまうから。

手ひどいいじめに遭ったのは、中学二年から三年の間だった。いじめの主犯格はクラスで一番綺麗な女だった。彼女は陽キャの男子とも仲がよくて、仲のいい友達がいた。それで十分満たされているはずなのに、なぜかわたしをいじめた。現場を目撃している同級生もいたのに、助けてくれる人はいなかった。

その経験からわたしは悟った。

——世間では、綺麗な女しか人として認めてもらえないんだ。

高校を卒業してすぐ、ガールズバーで働きはじめた。普通のバイトよりも割がよく、手っ取り早く稼げるのは魅力的だった。同世代の人たちは、居酒屋やコンビニで半分くらいの時給で働いている。それだけでちょっとした優越感があった。

そこで学んだのは、「金をかけるだけ、女の見た目はよくなる」ということだ。

服やコスメを買いそろえたり、脱毛やエステに通ったり、整形や脂肪吸引をすることで、女はどんどん綺麗になる。スマホゲームの課金と一緒だ。最初から美人な女はそうする必要がないんだろうけど、私をふくめてほとんどの女には美の才能なんてない。生まれ持ったものがないなら、努力するしかない。金がある女は美しくなれるし、金のない女は美しくないままだ。

わたしはガールズバーで稼いだ金を自分磨きに注《つ》ぎこんだ。築四十年のボロアパートに住み、食費も切り詰め、服やメイク道具を買い漁《あさ》った。他の女が恋愛や勉強やバイトにうつつを抜かしている時間、ひたすら美しくなることを追い求める。美人に見える所作を身につけ、好感をもたれる話し方を習得する。

そうしないと、世間に受け入れてもらえないから。

綺麗になれば、働くステージも上げられる。わたしは職場をガールズバーから会員制ラウンジへと変えた。収入が増え、自分にかけられる予算がさらに増えた。

転機はアプリを通じて遊んだ男だった。商社勤務と名乗っていた男は爽《さわ》やかで感じがよかったけれど、二回目のデートで見知らぬ不動産屋の社員と会わされ、マンション購入の契約をさせられそうになった。無理やり振り切って逃げたけど、あの時は本気で身の危険を感じた。

同時に、マッチングアプリが金儲けの手段になることを知った。

でもわたしには業者とのツテなんかない。自分から業者に近づくのも怖かった。所詮《しょせん》わたしは素人なんだから、食い物にされるかもしれない。専門知識もないし、他人は信用できない。やるなら一人だ。

考えた末に編み出したのが、「悪質業者の被害者を装う」という方法だった。

これなら他人と組む必要はないし、相手の正義感を刺激することもできる。アプリに登録する男は、悪質業者には注意を払っているかもしれない。しかしその被害者を名乗ればきっと油断する。マンションを買えと迫られれば警戒するが、マンションを買わされたという話には同情を覚える。それが人情というものだ。

何よりわたしの唯一の武器である、磨き抜いた外見をフル活用できる。相手を虜《とりこ》にするのは得意だ。かれこれ十年、水商売を経験している。そのへんの素人の男なら、一発で惚れさせる自信があった。わたしはもう、教室の隅でいじめられていたわたしとは違う。誰からも愛される人間に生まれ変わったのだ。

このやり口は、今のところ負けなしだった。コツは、高すぎる金額をふっかけないことだ。一千万円欲しいとか言うと、ほとんどの男は尻尾《しっぽ》をまいて逃げ出す。ちょうどいい額を見極めるのが大事だ。

もう一つは、いかにうぶでまじめそうな男を選ぶか。最悪なのは、金払いが悪いくせに粘着してくるタイプ。水商売の客でもよくいる。ターゲットに選ぶ時はそういうタイプを避けて、経験が少なく、なんでも言うことを聞いてくれそうな男を選ぶ。会って話せば、どんな男かはすぐにわかる。

彼らがどんな方法で金を調達するかは興味がない。貯金を使うのか、カードローンで借りてくるのか知らないけれど、お金さえもらえばあとは無関係だ。そのお金はわたしがさらに綺麗になるための原資となる。

これからも、わたしはさらに美しくなる。わたしはもっと愛される。そうでないと、生きる価値がないから。

マーくんは、三人いる恋人のうち「口座要員」だ。

彼氏の一人は愚痴やワガママを聞いてもらうための癒し要員。別の一人は身体の相性がいいセックス要員。そしてもう一人が、お金を貢がせるための口座要員。一度に数百万円を引き出すことができる、貴重な口座だ。

友達からマツと呼ばれていると聞いて、初回から「マーくん」と呼んでいる。愛称は大事だ。男は特別な呼び名に弱い。二人で話す時は互いを「マーくん」「シオちゃん」と呼んでいた。

次のデートに横浜中華街を指定された時は、行くべきか迷った。マーくんの実家が中華街にあることは聞いていた。地元の友達や家族に紹介でもされたら面倒だ。多くの人に顔を見られれば、それだけ逃げた後に見つかるリスクが増える。

――でもまあ、いいか。

どうせ名前は使い捨てなんだし、しばらく横浜で活動するのを控えればいい。首都圏だけで女は何千万人もいるんだから、まずバレることはない。

二月の夕方、指定された中華街の店に向かった。まあまあの高級店で、マーくんの名前を伝えると個室に案内された。部屋では先にマーくんが待っていた。目が合うと、ぱっと表情が明るくなる。かわいいところもあるけど、所詮は口座要員だ。わたしは満面の笑顔を浮かべた。

「すごい。高そうなお店だね」

「無理言って個室用意してもらった。ここのオーナー、親戚《しんせき》みたいなもんだから」

マーくんが得意げに言った。わたしは持参した紙袋を手渡す。

「少し早いけど、これ。バレンタインの」

「えっ、マジ?」

紙袋を覗《のぞ》きこむマーくんは、本気で喜んでいるようだった。チョロい。その辺で売ってるチョコひと箱でメロメロになってくれるなら、安い投資だ。

食事はコースだった。運ばれてくる前菜やスープを食べながら、マーくんはわたしたちの将来について話した。二人で住むならどこがいいか、結婚するならいつ頃がいいか。わたしは不可解に思われない程度の嘘を交えつつ、同棲《どうせい》や結婚に前向きなふりをする。頃合いを見計らって、例の話題を切り出した。

「それでね。お金のことなんだけど」

豚の角煮を頬張っていたマーくんが「うん」とうなずいた。

「来週にはもう払わないといけないの。もしこの間の話が本当なら、迷惑かけて申し訳ないんだけど、やっぱり協力してほしくて……」

「いいよ」

マーくんはわたしの目を見て、あっさり言った。

「シオちゃんが困ってるなら、俺は全力で助ける。借金も返す」

やっぱりチョロい。まともに生きていけるのか心配になるくらい、チョロい。

「本当？　わたし、男の人からこんなに優しくされたこと……」

「その代わりさ」

強い口調で言ったマーくんは、真剣な顔でわたしを見ていた。

「シオちゃんの本当の名前、教えてほしいんだよね」

——え？

息が詰まって言葉が出なかった。今の今まで、うまく騙していたはずだ。この男がわたしの本性を知っているはずがない。

「本当の名前ってどういうこと？　急におかしいよ」

マーくんはわたしの発言を無視して、スマホに視線を落とした。

「えーっと。安藤《あんどう》シオリ。佐藤《さとう》カオリ。伊藤《いとう》ミオン」

絶句した。それらはすべて、歴代の口座要員と会う時に使っていた偽名だった。どうしてこの男が。ただのジムトレーナーだったはずだ。探偵や警察でもないのに、そんな情報をどうやって？

「これ全部シオちゃんの別名なの？　新藤シオンって、本名じゃないの？」

「……なんで、それを」

「本名じゃないんだね？」

マーくんの眉尻《まゆじり》が悲しげに下がった。わたしは混乱しながら、何とか反論を試みる。

「そんな名前知らない。変な言いがかり、やめてよ」

「信頼できる人間から聞いたんだ」

「誰？　その人たち、わたしよりも信頼できるの？」

今にも泣きそうな顔で、マーくんは「じゃあ話すよ」と言った。

「シオちゃんのことや借金のこと、幼馴染みのやつらに話したんだ。そうしたら、そいつらが勝手に調べてさ」

「調べたって？」

「同じような話を持ちかけられた人がいないか、SNSで探したらしい」

マーくんが言うには、幼馴染みとやらはSNSを通じて、わたしの過去の口座要員たちを探し出したらしい。そして男たちにヒアリングした結果出てきたのが、例の偽名だったという。

「そんなの、募集したくらいで集まるわけないじゃん。絶対嘘。偽造だよ」

ありえない。そんなに都合よく、過去の男たちが見つかるはずがない。そもそも、ほとんどの男性は被害に遭ったこと自体を恥じて隠そうとする。ＳＮＳで公言するなんてもってのほかだ。

「募集したんじゃないんだよ」

「じゃあ、なに？」

マーくんは口ごもりながら語った。

「なんていうか……その幼馴染み、特殊なんだ」

「はっきり言ってよ」

「怒らないでほしいんだけど。シオちゃんのＳＮＳアカウント、特定したんだって」

絶句した。そんな、まさか。反射的にスマホでアカウントを開いていた。

たしかに愚痴吐き出し用のアカウントは持っている。でも匿名だし、写真も投稿していない。フォロワーは百人もいないし、知り合いには見られていないと思っていた。なのに、どうやって……。

スマホから顔を上げると、マーくんが哀れむような目をしていた。

「幼馴染みが言うには、だいたいのプロフィールと行動パターンがわかれば、特定するのは難しくないって。どこに行ったとか、どんな男と食事したとか、どこでどんなコスメ買ったとか、投稿していたでしょう。その情報があれば十分らしいよ。怖いよね」

怖いよね、じゃない。他人事《ひとごと》みたいに言うな、と怒りたいのを我慢する。

「だとしても、過去の男たちを見つけ出すのはムリでしょう」

「フォロワーのなかにいたらしいよ」

「は？」

「だから、フォロワーのなかにその男の人たちもいたんだって。シオちゃんの匿名アカウントは監視されてたってこと」

思わず「嘘だよっ！」と叫んでいた。そんな、気色の悪い話があってたまるか。マーくんは淡々と語る。

「一人、相当シオちゃんのこと恨んでる人がいるらしくて。その人は専門の業者使って匿名アカウントを特定したうえで、証拠集めのためにあえて放置してるんだって。探偵使ってシオちゃんの自宅も特定しているし、他の被害者にもアカウントのことを教えてるみたい。警察にも相談してるって」

ぞっとした。わたしは騙した男たちからうまく逃げおおせたつもりだった。だが実際は、今も男たちの視線が絡みついていた。なんてしつこくて、なんて醜くて、なんて気持ち悪いんだろう。

「その男たちの言うことが事実だって確証、あるの？」

「俺もやり取りを見せてもらったけど、嘘というにはリアルすぎる」

「嘘。絶対に嘘。誰かがわたしをハメようとしてる！」

気付けば、半泣きになって怒鳴り散らしていた。個室でよかった。人がいる場所だったら視線を集めていた。わたしは目立ちたいわけじゃない。世間に認められたい、受け入れられたい。それだけだ。

「マーくんは目の前にいるわたしよりも、ネットにいるわけのわかんない男の言うこと信じるの？　そんな人だと思わなかった。だから秘密にしてた借金のことも話したのに。見損なったよ」

——終わった。

内心、わたしは無駄な抵抗だと思っていた。そこまで証拠をつかまれているのなら、どれだけ打ち消そうとも挽回《ばんかい》はムリだろう。そう思っていたから、マーくんの返事を聞いて耳を疑った。

「俺も、シオちゃんが嘘ついてるなんて思ってないよ」

「……え？」

「シオちゃんが違うっていうなら、俺は信じる」

マーくんはいたってまじめな顔だった。

バカだ。こいつは本物のバカだ。無駄に思えても抵抗はしてみるものだ。

「信じてくれるの？」

「うん。シオちゃん、嘘ついてないんでしょ？」

「もちろん」

わたしは満面の笑みを作った。目尻から涙を一粒こぼすことも忘れない。

「だからさ」

鍛えた身体を動かして、マーくんは前のめりになる。

「俺にだけは本当の名前を教えてほしい。そしたらシオちゃんを信じる。三百万でもなんでも、肩代わりする」

笑顔のまま、頬が引きつった。

名前？　なぜそんなものにこだわるのだろう。

「だから、わたしの名前は新藤シオンだって……」

「証明できるもの、持ってるよね？　保険証でも免許証でもいい。何か一つでも、絶対に〝事実〟だってことがわかれば、俺は何もかも信じる。一生、シオちゃんのために生きるって約束する」

マーくんの目は野生動物みたいに鋭い。たぶん、柔術をやっている時はこういう顔なんだろう。初めて、まともに男の顔をしたマーくんを見た気がした。もう少し早く見ていたら、少しは恋心を抱いたかもしれない。

わたしが彼に本当の名前を教える意味はあるだろうか。損得勘定をしてみるまでもなかった。

「〝事実〟ねぇ」

急になにもかもがどうでもよくなって、背もたれに身体を預けた。

「事実って、なんだろうね」

マーくんは困惑していた。さっきまで激怒していた女が急に冷静になったんだから、困惑もするだろう。

「わたしがここにいることは事実。それじゃ足りない？」

「それは……」

「わかってるよ。ズルしてる自覚はある」

結論はとっくに出ている。相手が誰だろうと、身元を明かすことはできない。本名を教えるということは、生身で相手とぶつかるということだ。そして生身のわたしは、叩けば瞬時に崩れてしまうくらいもろい。それに身分証を見せたら、四歳サバを読んでいることもバレてしまう。

椅子《いす》から立ち上がり、バッグを手に取った。

「ごめんね。今まで楽しかった」

マーくんは立ち上がって「あの」と言った。わたしは微笑を返し、個室のドアを開ける。

それから一度も振り返ることなく店を出た。

二月の中華街には観光客があふれていた。頭上では光の龍が飛んでいる。マーくんが、春節がどうとか言っていたのを思い出す。冷たい風が吹いて、頬に少しだけ残っていた涙が消えた。

——さよなら、マーくん。

二度と会わないだろう男との思い出を、わたしは記憶から抹消した。

＊

「元気出せよ」

夜の「洋洋飯店」で、ロンは隣に座るマツの肩に手を置いた。四人掛けのテーブルのもう一方には、ヒナと凪が座っている。

今夜はヒナの受験打ち上げという名目だった。大学の前期試験が昨日終わり、いったん打ち上げをしようという話になった。前期で落ちていれば後期日程も受けることになるが、凪は「その時はもう一回打ち上げやればいいよ」と言っている。欽ちゃんも誘ったが、例によって仕事が多忙らしく欠席だった。

つまり会の主役はヒナなのだが、マツの落ちこみようが激しいため、もっぱら他の三人が慰める羽目になっていた。

「あれから二週間だろ。いい加減、吹っ切れよ」

「……ムリ」

マツは曇りきった表情でビールをすすっている。

「よかったじゃん、詐欺にあわなくて。三百万だよ。マツ、あんた今頃借金取りに追い回されてたかもしれないんだから。ギリギリのところで被害を回避できたんだから、もっと喜びなよ」

凪は棒棒鶏《バンバンジー》をビールで流しこみながら、軽い調子で言う。今日はオレンジのトレーナーに紫のパンツという服装だった。ついさっきロンが「夜道で目立ちそうでいいな」と言ったところ、肩を殴られた。

「それはそうだけどさ……本気で好きだったたし、すぐには切り替えられないっていうか」

「いつまでウジウジしてんだか」

「なんか、余計なことしちゃったかな」

車いすのヒナが、ジュースを飲みながら苦笑いしている。新藤シオンの正体を暴いたのは九割方ヒナの手柄だった。ロンは調査をはじめる前にヒナが立てた作戦を思い出す。

——ヒントは絶対、SNSに転がってる。

なぜそう言えるのか尋ねると、ヒナは断定的に答えた。

——その女は間違いなくアカウントを持っている。本名だか匿名だかわかんないけど、SNSをやっていないとは考えられない。場合によっては複数持ってるかも。そこからたどっていけば、絶対に尻尾が捕まえられる。

幸い、運も味方した。特定した匿名アカウントのフォロワーを調べるうち、彼女に騙されたという男性から話を聞くことができた。もっとも、シオンの行為の悪質さを考えれば、刑事告訴されていないほうが不自然なくらいだが。

「ヒナちゃんがやったことは間違いなく正しい。一人の哀れな男が、借金地獄に落ちずに済んだんだから」

凪のフォローにヒナが「ありがとう」と応じる。

「あのー、俺は？」

「今回、ロンはなんもやってないでしょうが」

ぴしゃりと言われ、ロンは首をすくめる。否定はできない。

マツはあれから食欲がないらしく、少しだけ身体が縮んでいた。今夜もたまにザーサイをかじるくらいで、好物の唐揚げにも手をつけていない。これまでもフラれるたびに落ちこんでいたマツだが、今回はかなり重症だ。

「もう、シオンとかいう女のことは忘れろ。そもそもその名前だって偽名なんだろ。幻でも見てたと思って諦めたほうがいい」

「ロンはドライだよなぁ！」

マツは急にジョッキをあおり、中身を空にした。テーブルの上のピッチャーから自分でビールを注ぐ。ロンは悲愴《ひそう》な顔つきのマツをたしなめた。

「無茶な飲み方すんなって」

「ロンは誰かを本気で好きになったこととかないもんな」

マツにじっとりとした目つきでにらまれ、ロンは視線をそらす。

「絡むなって」

「高校の時からそうだ。お前が付き合ってた後輩のあの子、人気あったんだからな。それをお前が独占した挙句、まともに相手せずに別れやがって。あと知らないかもしれないけど、ロンのこと好きだって言ってた女子結構いたぞ。たとえば……」

「あー、マツ、そこまでそこまで」

凪が不自然に割って入る。その隣ではヒナが能面のような顔で付け合わせのキュウリをかじっていた。感情を消し去ったかのような無表情である。だがマツは「なんだよ」と聞く耳を持たない。

「凪も同じクラスだったから知ってるだろ。ほら、あのテニス部の……」

「あっ、マツ！　新しいピッチャー取ってきて。早く」

凪はマツを強引にキッチンへ追いやってから、自分も「トイレ」と席を立った。テーブルにはロンとヒナだけが取り残される。ヒナは思考停止したように、ひたすらキュウリだけをかじり続けていた。

「……どうした？」

「別に」

「試験はどうだったんだよ」

受験の話題を持ち出すと、ようやくヒナはかじるのをやめた。

「ぼちぼちかな。ま、今年がダメでも来年受けるよ」

ヒナいわく、涼花も似たような手ごたえらしい。涼花は横浜市立大学——通称「市大《いちだい》」の医学部看護学科を志望していた。ロンは炒飯《チャーハン》を食べながら、「みんな偉いよなぁ」とつぶやいた。

「ちゃんと、前に進んでるもんな」

「わたしはずっと停滞してたよ」

色白なヒナの顔が、ほのかに上気する。

「でも後悔はしてない。あの引きこもりの期間は、わたしにとって必要なものだった。涼花ちゃんだって、大学受験を考えるようになったのはロンちゃんがいたからだよ。停滞も前進も、その人のペースでやればいい。周りを見て焦る必要なんかないと思う」

勇気を出して口にしたのだろう、ヒナの目は潤んでいた。ロンの目に、幼馴染みがいつもより綺麗に映っている。

「……ヒナ」

つい、名前を呼んでいた。

マツがジオンの名前にこだわっていた理由が、今ならわかる気がした。名前を呼び、呼ばれることは、親密になるための第一歩だ。詐欺師ではなく一人の女性として向き合いたかったマツは、心から彼女の本名が知りたかったのだろう。

「おいおい、なにしんみりしちゃってんの」

両手にビール瓶を持ったマツが沈黙を破った。先ほどとはうってかわった大声である。

「店の冷蔵庫にあった高いビール、持ってきてやった」

「いいのか？」

「もうヤケクソだよ。飲もう、飲もう」

手酌でビールを注いでいるマツに、ヒナが冷たい視線を送っている。トイレから戻ってきた凪も「そのビール、いいやつじゃない？」と言って一緒に飲みはじめた。

「あらためて、ヒナちゃん受験お疲れさま！」

「はい、お疲れお疲れ！」

店内のざわめきに包まれながら、四人は各々のコップを触れ合わせる。ヒナはＳＮＳで流行《はや》っているエピソードを語り、凪は恋人とののろけ話を披露し、マツはそれを聞いてひがむ。

ロンは友人たちの話に心から笑いながら、この時間が少しでも長く続くように、と祈っていた。

2．人生賭博

最初に「クズ」呼ばわりされたのは、いつだったろう。

パチンコをはじめたのも二十一だったから、特別早かったわけじゃない。競馬に手を出したのも二十三だった。十代で入り浸っているようなやつもいるんだから、そういう意味じゃ遅咲きといってもいいくらいだ。

でも遅咲きだからこそ、深くまでハマったのかもしれない。若い頃《ころ》に女と交際しなかった男は、大人になってから女遊びにのめりこむと聞いたことがある。ギャンブルでも同じことは言えそうだ。

今年四十三だから、競馬をはじめてちょうど二十年。クズ歴もざっと二十年ということになる。これまで負けた総額は考えないようにしている。今さら振り返っても、消えた金が取り戻せるわけじゃない。それに、楽しい思いだってしてきた。俺《おれ》は持ち金を増やすために競馬をやってるんじゃない。かけがえのない興奮を買っている。

「はあ」

寂れた雑居ビルの喫煙所に、ため息が響く。

横浜駅から歩いて十五分の距離にある八階建てのビルは、お気に入りの喫煙スポットだった。企業の事務所やアパレル倉庫が入っているみたいだが、いつ来ても人が少ない。おまけに警備がザルで、二十四時間出入りできる。最近は空きテナントも多いらしく、いよいよ無人化している。

部外者がビルの喫煙所を勝手に使うのは、ルール違反だということくらいわかっている。でもまあ、それくらいのことは大目に見てほしい。人はみんな、持ちつ持たれつじゃないか。

「なんてな」

箱に残った紙巻きタバコは残り一本。指先でつまんでくわえ、火をつける。何度目かの後悔が頭をよぎった。

——なんであんな誘い、乗っちゃったのかねえ。

我ながら、情けない。例の電話は最初から怪しいと思っていた。それなのに、あっさり騙《だま》された。電話越しに聞いたインチキ野郎の台詞が蘇《よみがえ》る。特定の人ばかりが勝つのはおかしいと思いませんか。あなたも食われる側から、食う側にいけるんです。ほんの少しの勇気があれば……

ちっ、と盛大な舌打ちが出た。

思い出すだけでヘドが出そうだった。あいつの声はまだ留守電に残っている。消してもよかったけれど、警察に突き出してやろうと思い直したのだ。けど、結局警察には話していない。話したところで、俺の金が返ってくるわけじゃない。

消費者金融から借り、知り合いからかき集めた計六百万。一千万円のプラスになって返ってくるはずだった。けど口座はものの見事に空っぽだ。一円単位まで引き出したから、本当にゼロ円。財布に残った小銭を集めても、三桁《けた》だった。

金を借りた人たちの顔がよぎる。親にはとっくに縁を切られた。友達も大半が去っていった。それでも呆《あき》れながら、金を貸してくれる人がいる。ありがたい、というより、もはや不思議だった。なんで、俺みたいなクズに金を貸してくれるんだろう？

とりわけ不思議なのは、マツオだ。趙松雄《ジヤオ・ツンシオン》。あいつをマツオと呼んでいるのは俺だけらしい。まあ、それはどうでもいい。マツオは俺の一番弟子だ。もっとも、俺の弟子になりたがる奇特なやつなんてこいつだけだから、二番以降はいないんだけど。

――カンさん、飯食ってから馬券買いにいきません？

――カンさん、あのパチ屋ダメっすよ。この前打ったら渋くて渋くて。

――カンさん、カンさん……

今や、俺の友達と呼べるのはマツオだけだった。歳《とし》はふた回り離れているけど、そんなことはどうでもいい。マツオにだけは腹を割ってなんでも話せたし、向こうも俺に色々なことを相談してくれた。俺の仕事が決まればあいつは喜んでくれたし、あいつに彼女ができれば俺は本当に嬉《うれ》しかった。

俺が金を貸してほしいと懇願した時も、マツオは何も訊《き》かずになけなしの三十万を貸してくれた。

——いいっすよ。カンさんが必要なら。

あいつもたいがい金欠のはずなのに。三十万用意するのだって簡単じゃなかったはずだ。その三十万を、俺は……

最後の一本をもみ消し、リュックサックを背負って喫煙所を出た。通路を抜けて、古いエレベーターに乗りこむ。ごとごとと大げさな音を立てながら、箱は最上階まで上がる。染みのついた通路を通って、屋上への重い扉を開ける。扉が施錠されていないことも確認済みだった。

ビルの屋上には強い風が吹いていた。空は黒い雲に覆われている。俺の人生を締めくくるにはぴったりの空模様だ。

屋上の給水タンクには、外付けのパイプが備えられていた。背伸びすれば届く程度の高さだ。ちょうどいい。はしごを使って給水塔を上り、リュックサックから取り出したロープをパイプにくくりつける。もう一方の先端で輪を作る。決してほどけないよう、きつく結んでおく。

「よし」

ひと仕事終えると、じんわり汗をかいていた。そういえば、もう四月だ。桜が散るより、俺の命が散るのが先になりそうだ。

給水塔を降り、下からロープの輪を引っ張る。ちゃんと強度はある。俺の体重を支えるくらいは問題ないだろう。踏み台代わりに、転がっていたコンクリートブロックを持ってきた。あとは首にロープをかけて、ブロックからジャンプすれば、数分と経《た》たずに死ねる。

両手で輪をつかんだまま、しばらく動けなかった。

この世への未練があったわけじゃない。俺はクズだけど、クズなりに考えた結果だ。この期に及んで躊躇《ちゅうちょ》などしない。

ただ、マツオのことだけが気がかりだった。

俺が死んだと知れば、あいつは悲しむだろう。マツオの心には一生消えない傷が残るかもしれない。俺は自分のプライドのために、友達を深く傷つける。自殺への覚悟が、少しだけ揺らいだ。

だが決意は変わらなかった。もう一度、ロープを握る手に力をこめる。

――マツオ。お前は、俺みたいになるなよ。

ロープの輪を首にかけた。手のひらに汗が滲《にじ》む。さすがに緊張していた。深く息を吸い、吐き出す。少しだけ心拍数が落ち着いた。

「じゃあな」

つぶやいて、俺はコンクリートブロックを蹴《け》った。

＊

「ヒマだ」

四月初旬。ロンはいつものように、自室でグッド・ネイバーズの新譜を聴きながらゴロゴロしていた。グッド・ネイバーズは、凪がメインMCを務めるヒップホップクルーであり、その楽曲をロンは密《ひそ》かに愛聴している。グループ名は中華街にある善隣門《ぜんりんもん》の扁額《へんがく》に記された言葉、「親仁善隣《しんじんぜんりん》」から取られている。よき隣人《グッド・ネイバーズ》たち。

今年メジャーデビューするはずだった彼女たちは、結局事務所に入るのを断り、今もインディーズで活動を続けている。だけどモチベーションはまったく落ちていない。むしろ、最近は積極的に音源を発信していた。

「凪もアーティスト専業になるしなあ」

最近までデザイン事務所で働いていた凪は、今月いっぱいで会社を辞めるという。音楽一本で食べていくことに決めたらしい。本人はあっけらかんと「ダメならまたどっかに就職するわ」と言っていたが、その心配はいらないとロンは見ている。今や、グッド・ネイバーズはライブを開催すればチケットが即完売するほどの人気だ。

「誰《だれ》か、ヒマなやついないかな」

ロンはスマホの通話履歴を眺めてみる。遊びに誘える相手がいないか、探すためだ。一番上はヒナだった。

「ムリだな……」

ヒナは見事、横浜国立大学理工学部に合格した。四月からは大学生だ。ちょうど今頃《いまごろ》は、入学の準備などで忙しいだろう。

合格発表の日、ロンはわざわざヒナの家に呼ばれた。「一人で見るの怖いから一緒に見て」というのがその理由だった。結局、ダイニングでヒナ、ヒナの母、ロンの三人で確認することになった。

定刻と同時に、合格者の受験番号が記載されたページにアクセスした。一秒と経たないうちに、ヒナが悲鳴を上げた。

「おい、どっちだ。受かったか、落ちたか」

ロンが訊《き》くと、ヒナはディスプレイの隅を指さした。そこには、手元の受験番号と同じ数字があった。ロンは目を見開き、ヒナと顔を見合わせた。二人とも、自然と口角が上がっていた。

「合格！」

「やったよぉ。受かっちゃったよぉ」

ヒナはぼろぼろと泣きはじめた。ヒナの母も泣いていた。高認に合格したのが去年の夏。それから半年とちょっとで、本当に大学に合格してしまった。ヒナの頭がいいことはロンも知っているが、だからといって簡単に実現できることじゃない。その裏に、とてつもない努力があったはずだ。

「おめでとう。よかったな」

「ありがとう、ロンちゃん」

涙声になっているヒナの横で、ヒナの母まで「ありがとうねえ」と目尻《めじり》を拭《ぬぐ》っている。

「龍一くんがよくしてくれたおかげだから」

「いや、そんなことは……」

「そんなごど、あるがら」

端整なヒナの顔は、涙と鼻水で濡《ぬ》れていた。その後もロンはヒナが泣き止《や》むまで、帰してもらえなかった。

——とにかく、ヒナは遊んでる場合じゃないな。

スマホ画面に指を滑らせ、通話履歴をスライドする。次に目についたのは涼花だった。涼花も横浜市立大学の看護学科に合格していた。よっぽど自信がなかったのか、涼花はロンへの電話で「ラッキー！」と連呼していた。彼女もヒナと同じく、入学前でバタバタしているはずだ。

ロンはスマホを放《ほう》り投げ、天井を眺めた。

――みんな、ちゃんとしてるな。

凪は進む道を決め、ヒナや涼花は大学生になった。一方のロンは、十八歳の時から変わらずフリーター暮らしだ。なんとなく落ちこむ。が、同じように停滞を続けている男が一人だけいる。

「行くか」

起き上がったロンは、退屈を持て余しているはずの幼馴染《おさななじ》みのもとへ行くことに決めた。マツとはこのところ連日会っているが、他に相手がいないのだからしかたない。暇人は暇人と遊ぶしかない。

部屋から出ると、ちょうど良三郎は不在だったため小言を言われずに済んだ。家を出て中華街の人混《ひとご》みに身を委《ゆだ》ね、「洋洋飯店」を目指す。店に入ると、マツの母が「いらっしゃ……」と言ってため息を吐《つ》いた。

「なんだ、ロンか」

「マツは？」

「部屋にいるんじゃない？」

投げやりな返答もいつものことだった。ロンは外階段を上って、呼び鈴を押す。だが応答はない。勤務先のジムか、パチンコ屋にでも行っているのかもしれない。ダメ元で電話をかけたが、出なかった。

諦《あきら》めて自宅へ帰る途中、スマホが震動した。マツの名が表示されている。

「おお、マツ？　今どこいんの？」

「……病院」

予想外の回答に、「は？」と声が出た。

「なに。怪我《けが》？」

「違う。俺じゃない。後でまたかけ直す」

いつになくマツの声音は暗かった。普段いやになるほど能天気な、あのマツが。通話は一方的に切られ、わけがわからないまま取り残された。

——俺じゃない、って？

マツの両親は「洋洋飯店」でいつも通り働いていた。だとしたら、いったい誰のために病院にいるのか。

夜更けまで連絡を待ったが、結局、マツからの電話はなかった。

翌日の昼過ぎ、ロンはマツに呼び出され、「洋洋飯店」へと足を運んだ。待っていたのはげっそりとした表情のマツだった。眠っていないのか、目は充血している。ロンは唐揚げ定食を頼んでから、マツの向かいに座った。

「どうした？　何があった？」

「カンさんが……」

面識はないが、その名は知っている。マツの柔術道場の先輩だ。

「カンさんが、なんだ？」

ロンは身を乗り出したが、マツはなかなか話そうとしない。やがて定食が運ばれてきた。箸《はし》を付ける気にもならず、マツの赤い目をじっと見る。ふう、と息を吐いてから、ようやくマツは口を開いた。

「カンさんが、自殺未遂で病院に運びこまれた」

それからマツは、昨日起こった出来事をぼそぼそと語りだした。


唐突に病院から電話がかかってきたのは、昼前だった。電話の向こうの職員は、カンさんこと上林寛之《かんばやしひろゆき》が、意識不明の状態で発見されて救急搬送されたこと、幸い命に別状はないことなどを口早に伝えた。マツは唐突な連絡に困惑しつつ、上林の身に異常事態が起こっていることを理解した。

「ご本人に親しい方がいないか伺ったんですが、趙さんがそうだ、と」

職員に促され、マツはすぐに病院へ向かった。

上林は四人用の病室にいた。窓際のベッドで、入院着をまとって横たわっていた。顔の下半分に無精ひげを生やした上林は、いつもと変わらない薄笑いを浮かべた。ただし、その首にはロープの痕《あと》がくっきりと残っている。マツは絶句した。上林がなぜ救急搬送されたのか、瞬時に察した。

「死にぞこなっちゃったよ」

ガラガラにかれた声で、上林は言った。弱っているせいか、四十三歳という実年齢より老けて見える。ベッド横に立ったマツは、年上の友人を呆然と見下ろした。上林は気まずそうにうつむく。

「死にぞこなったって、なんで……」

「俺なりのけじめっていうかさ。こうする以外に責任の取り方ないから」

数え切れないほど安居酒屋で向き合ってきた顔が、くしゃっ、とゆがんだ。

「さんざん色んな人から金借りて、返せません、じゃ済まないだろ」

「今さら？　そんなの前からじゃないですか」

「額が違う。今回だけで六百万だぞ。それに……」

上林は病室の窓の外を、真顔で見た。

「もう、心底自分が情けなくなったんだよ」

マツには、少し前に三十万円を貸した記憶があった。だが総額で六百万にもなっていたとは知らなかった。それほどの大金をいったい何に使ったのか。上林は話そうとしなかったが、食い下がるとようやく口を割った。

「騙されたんだよ」

憎々しげに、上林は舌打ちをする。

「詐欺に遭った」

「詐欺って……ギャンブルじゃなくて？」

「まあ聞け」

腹を決めた上林は、時おり咳《せき》をしながらも経緯を説明した。

「俺、ちょっと前に競馬情報サイトに登録したの。無料だったから。それから二週間くらい経って、知らない番号から電話かかってきたんだよ。キシって名乗る、若い感じの男だった」

「誰なんですか、そいつ」

「競馬予想会社の社員だって言ってた。そいつが言うにはな、競馬っていうのは実は裏で仕組まれてるんだと」

「どう考えても怪しいじゃないっすか、そいつ」

「だから最後まで聞けって。ほら、たまにスポーツ新聞とかで、有名人が万馬券当てたって記事載ってるだろ。キシが言うには、それも全部仕組まれてることなんだと。普通に考えて、テレビに出てるような有名人が万馬券引く確率なんてものすごく低いはずなのに、それにしては頻繁に起こるだろ？」

そこまで聞いて、マツも黙った。言われてみればそんな気もする。

「……だとしても、有名人に当てさせる意味あります？」

「そこだよ。いいか。有名人が万馬券を当てれば、新聞やテレビで報じられる。俺たちはそれを見て、やっぱり万馬券は出るんだと思いこむ。つまりは宣伝だよ。俺らに甘い夢を見させるためのな。もちろん、全部のレースがそうだってわけじゃない。ＪＲＡは無理だ。けど、地方競馬ならある程度の金を積めば、着順を操作できる」

キシが乗り移ったかのように、上林は滑らかに話す。

「で、電話の用件は？」

「キシは『あなたのためのレースを用意することもできます』と言った」

上林の顔つきが険しくなる。

「当然、俺も最初はおかしいと思った。そんなにうまい話があるはずない。そう言うと、『ご自身の目で見たものなら、信じられますよね』と言われた」

キシは二日後のレースの着順を、ぴたりと当ててみせると宣言した。マツは「できるわけない」と吐き捨てる。

「俺もそう思ったよ。けどやけに自信満々だったから、確認だけしてみることにした。キシからは、『出資した客に迷惑がかかるから、着順を教えるのはレース直前』と指示された。俺が情報を漏らさないように、ってことだな。しょうがないから言われた通りにしたよ。指定されたレースのネット中継をパソコンで見ながら、キシと電話をつないでさ。いよいよ出走ってタイミングになっても言わないから催促したら、ようやく言ったんだよ。『八番、一番、二番』って」

「で、結果は？」

「八番、一番、二番」

マツは病室であることも忘れて、「嘘《うそ》だぁ！」と叫んだ。すぐさま看護師からたしなめられ、平謝りする。

「……いや。嘘でしょ、カンさん」

「本当。ネット中継で、その瞬間を見たんだよ。俺、度肝抜かれてさ。こいつの言ってること、本当らしいぞと思った。そしたらキシがまた言うんだよ。『準備資金六百万円さえあれば、あなたのためのレースを用意できますが、どうしますか』って」

「それで、いっちゃった、と」

面目なさそうに、上林はまたうなだれる。

しかしマツも人のことは言えなかった。たしかに、その状況に置かれれば自分もやると言いかねない。一着から三着まで正確に当てるなんて、事前に結果を知っていなければまず不可能だ。

「そうは言っても六百万なんてないから、消費者金融に限度まで借りて、知り合いからかき集めた。それでもどうしても三十万足りないから、マッオに頼んだ。お前にだけは借りないつもりだったんだけど……」

「いいっすよ、それは」

「すまん」

上林は用意した六百万をキシの口座に振り込んだ。そして事前に着順を指定し、三連単を約十万円分購入した。当たれば返戻金はおよそ千六百万円。上林は興奮で震えながら当日を待った。

だが、結果はキシに教えられたものとはまったく違った。

「絶望だったね」

暗い目をした上林が、首を振った。

「ただの六百万じゃない。前からたんまり借金があって、そのうえでの六百万だ。当たれば余裕で返せるはずだったのに。どうやったって返せない。さらわれるか、殺されるかしかない」

「キシに文句言わなかったんですか?」

「言おうとしたよ、もちろん」

しかしキシの番号は不通になっていた。顔も知らず、どこにいるかも知らない。連絡の取りようがなかった。

「キシに払った金は返ってこないし、消費者金融の返済期限は迫ってるし、みんなに金を返すこともできない。もう八方ふさがりだろ。死ぬしかない。だから、人気《ひとけ》のないビルの屋上で、な」

口調は軽かったが、上林の表情は重い。

上林はビルの屋上の給水塔で首を吊《つ》ったが、ロープをくくりつけていたパイプが体重に耐えかねて折れ、おかげで一命をとりとめたらしい。給水設備の異常に気付いた管理会社の社員が駆けつけ、発見されたという。

マツはここまでの話をもとに、キシという男の手口について思案した。

状況だけ見れば、まず間違いなく競馬を悪用した詐欺だ。しかし、キシはどうやって最初のレースを的中してみせたのか。そのトリックがわからない。ともかく、キシが上林を自殺へと追いやったのは事実だ。改めて怒りがこみあげてくる。

ギャンブルで金を失うのは本人の責任だ。だが、ギャンブルには裏があると嘘をつき、詐欺にかけるのは犯罪だ。許されていいはずがない。キシという男を捕まえて、必ず警察に突き出すと決めた。

「事情はわかりました。キシの手がかりみたいなもの、本当にないですか」

「うーん。声なら」

「声？」

「一度、留守電残してたんだよ。削除はせずにおいてあるけど」

上林はスマホを操作し、留守番電話サービスにアクセスした。合成音声の後に男の声が流れ出す。

「あっ、キシですぅ。上林様でしょうかぁ。後ほどおかけいたしますぅ」

どうやら語尾を伸ばす癖があるらしい。マツは留守電の音声を自分のスマホで録音した。後でロンに相談するためだ。

「他には？」

「ない。何もわからん。連絡手段も電話だけだった」

キシというのもどうせ偽名だろう。さすがに声だけでは探し出せない。何かヒントはないか。マツは頭をひねり、質問を絞り出した。

「そういえば、キシが当てたレースってどこの？」

「川崎の第七レース」

上林は即答した。川崎競馬場は、神奈川県唯一の競馬場だ。マツは念のためスマホにメモをしておく。不安げな顔で、上林は「何やってんだよ」と言う。

「キシを見つけます。そんで、警察に突き出す」

「いいよ、もう」

「よくない。危うく殺されるところだったんすよ」

しかし当の上林は、生気のない顔つきで「違う」とつぶやいた。

「殺されたんじゃない。俺が自分で、死ぬのを選んだんだ」

マツは苛立《いらだ》ちを覚えた。

姑息《こそく》な手で大金を騙し取ったキシという男にも、自殺なんて愚かな手段を選んだ上林にも。どうすれば事態を打開できるのか、さっぱり見当がつかない自分にも。何もかもに腹が立った。

沈黙のなか、突然上林が泣き出した。

「なに、どうしたんすか」

「俺なんか……生きててもしょうがねえよ。どうやって借金返せばいいんだよ。バックレるにも、こんなに膨らんだらどうしようもねえだろ！」

なぜか逆上ぎみだった。マツには、その姿が赤の他人とは思えない。まるで二十年後の自分を見ているようだった。柔術もギャンブルも、マツに教えこんだのは上林だ。その師匠が派手に嗚咽《おえつ》を漏らしている姿は、見ていられなかった。

「なんとかしますから。待っててください」

マツがそう声をかけても、上林はただ泣き続けた。

一部始終を聞いたロンは、「なるほど」と言った。かじった唐揚げは冷めていた。

「カンさんの借金って、総額でいくらあんの?」

「業者とか知り合いとか、全部合わせて一千万だって」

鶏肉《とりにく》を噴き出しそうになる。

「正気か」

「キシに騙されるまでは、ギリギリなんとかなる額だったんだよ。まあ、ヤバい額なのは間違いないけど……でも正直言って、俺だって同じ状況だったら騙されてたかもしれない。未来人じゃないんだから、着順当てるなんて仕組まれてなきゃ無理だろ」

ロンは付け合わせのキャベツを咀嚼《そしやく》しながら考える。確かに、キシの予測が当たったのは奇妙だ。しかし何らかのトリックがあるのは間違いないだろう。

昨年、eスポーツの業界で八百長騒動があったことを思い出す。競馬でも同様のことが起こっているのだろうか。そう考えかけて、自ら打ち消す。あり得ない。公営ギャンブルで八百長なんて。そもそも、着順予想が外れた後にキシと連絡がつかなくなったことが、詐欺の証拠だ。

「なあ、ロン」

マツのまなざしは真剣だった。

「俺はバカだから、どうすればいいのかわからない。だから頼む。協力してくれ。なんとかキシに罪を償わせたい。金を取られたのもそうだけど、カンさんを自殺まで追いこんだのが許せない。警察だってどこまで動いてくれるかわからない。ロンだけなんだよ、頼れるのは」

ロンの視線が鋭くなった。

「わかってる。とにかく、キシの身柄を押さえればいいんだな」

元より断るつもりはなかった。他でもないマツの依頼だ。むしろ、ヒナや凪のようにトラブルを抱えこまないだけ、動きやすい。それにしても。

「どう攻めるか、だなぁ」

もう一つ唐揚げを口に放りこんで、ロンは腕組みをした。現時点で、キシの情報は留守電の音声しかない。さすがに手がかりが乏しすぎる。定食を食べ終えたロンは、暫定の結論を出した。

「とりあえず、警察行くか」

ロンにとって、最も身近な警察官の顔が浮かんだ。

翌週、ロンは加賀町《かがちょう》警察署からほど近い喫茶店にいた。少し遅れて、スーツの男がやってくる。鳥の巣のような頭に、眠たげな目。「遅いよ、欽ちゃん」とロンが言うと、「悪い」とだけ答えて向かいの席に座った。

　岩清水欽太こと欽ちゃんは、ロンの待つ喫茶店へ来るため、わざわざ仕事を抜けてきたという。捜査一課の業務は楽ではないはずだった。

「大丈夫なの、仕事ほっぽって」

「大丈夫じゃないけど、放置してたらお前ら暴走するだろ」

「人聞きが悪いねえ」

　そう茶化しつつ、これまで出会った数々の事件がロンの脳裏をよぎる。爆弾テロから中華街を守ったり、地面師たちを捕まえたりしてきたが、毎度欽ちゃんに尻拭いをしてもらっている。

「ヒナ、大学今日からだって」

　先週、横浜国立大学の入学式が行われた。そして今日から本格的に授業がはじまるのだと、ヒナは電話越しに語っていた。

「欽ちゃん、不安じゃない？」

「なにが」

「変な男に引っかかるかもしれないじゃん」

　欽ちゃんがヒナに片思いしていることは、ロンたちの間では公然の秘密だった。欽ちゃんは渋い顔で「ロンさあ」と言う。

「……いつも不思議なんだけど、それ、どういう感情で言ってんの？」

うっすら怒られているようだが、何を怒られているのかはわからない。ロンが首をひねると、「まあいいけど」と欽ちゃんが肩をすくめた。

「電話で聞いたけど、競馬の着順が事前にわかると騙《かた》った詐欺だよな？　俺も詳しくないから、二課に話聞いてきた」

欽ちゃんは、暴行や傷害などの凶悪事件を取り扱う捜査一課に所属している。詐欺事案を管轄するのは捜査二課だった。

「競馬の予想に絡んだ詐欺は、かなり昔からあるらしい。よくあるのは、絶対に当たる、とか称して情報を売るパターンな。外れたら返金すると約束しておいて、レースが終わったらトンズラする。あと、ＪＲＡの関係者だと詐称したり、ＪＲＡ公認の予想会社を騙ったりして、請求を繰り返す輩《やから》もいる。こういうのも当然アウトだ」

「上林さん……カンさんが騙されたパターンは？」

「インサイダー情報と称して、でたらめな予想を売るケースも結構あるらしい。ただ、今回のは巧妙だな。情報を売るというより、着順を操作できると偽っている。しかも実際に的中してみせるんだから。最近増えている手口らしいけど」

増えている、ということは先例があるらしい。欽ちゃんは手帳のページを破り、ボールペンで絵を描《か》きながら説明した。最初に〈キシ〉と書き、続いて〈上林〉と書いて、それぞれ丸で囲んだ。

「キモは、ネット中継だ」

たしかに、上林はキシからネット中継を見るよう指示されていた。欽ちゃんは〈キシ〉の横に〈競馬場〉と書き、〈上林〉の横に〈ネット中継〉と書いた。

「地方競馬はネットで生中継をしているが、配信の都合上、どうしてもタイムラグが生じる。詐欺師はそこを利用している。競馬のレースは出走から一、二分で結果が出るだろ。つまり、二分以上のタイムラグを作れれば、ネット中継の出走前に結果を知ることができる」

欽ちゃんは、紙の上の〈キシ〉をペン先でつついた。

「おそらくキシはそのレースの最中、川崎競馬場にいたはずだ。それなら、ネット中継のタイムラグの分、早く結果を知ることができる。それだけだと足りないかもしれないから、途中で何か引き延ばす手段を取ったかもな。たとえば、サイトの不具合とか言って、中継の動画を一時停止させるとか。そうすれば二分くらいのラグは簡単に作れる」

ロンは納得する。やはり、キシはあらかじめ結果を知っていたのではなかった。上林は見せ方の巧妙さに騙されたのだ。

「着順を当ててみせるというのは、相当インパクトがあるらしい。わかっているだけでも複数名、すでに金を騙し取られている。ＪＲＡはずっと言ってるんだけどな。事前に結果が決まってるギャンブルなんか存在しない、って」

それでも、どこかに抜け道がないか期待するのが人間なのだろう。ロンはうなった。

「キシは競馬情報サイト経由で、電話番号を入手したのかな」

「たぶん、名簿を買って連絡先や素性を知ったんだろう」

「でかい組織があって、その末端がキシってこと？」

「そうとも言い切れない。今回の手口はまだ派手にやられていないし、うまくやらないとバレるリスクもある。特殊詐欺のかけ子ほど簡単じゃないし、マニュアルもまだなさそうだ。少人数でやってる段階かもな。だとすると、キシは指示役と実行役を兼ねているかもしれない」

　特殊詐欺では、電話をかけるかけ子、現物を受け取る受け子、現金を引き出す出し子などの役目に分かれていることが多い。システムができあがっているため、慣れていない人間でも騙すことができる。一方、キシは一人ですべての役を担ってた。電話連絡や口座の準備に加え、競馬場に足を運ぶことまでやっている。たしかに、組織的な犯行ではないかもしれない。

「どっちにしろ、すぐに身元を割るのは難しいな」

　欽ちゃんが顔をしかめた。

「捜査できない？」

「できない、とは言わないが……携帯番号とか口座とか、それなりにとっかかりはあるけど、どれもすぐに調べがつくものじゃない。二課に任せるよ。少なくとも、捜査一課は蚊帳の外だ」

お手上げだ、とばかりに欽ちゃんが両手を挙げる。

「欽ちゃんのテリトリーじゃないってことね」

「警察はちゃんと動く。いいか。被害に遭ったのはマツの知り合いかもしれないけど、勝手な真似《まね》はするなよ。バックにどんなやつがいるかわからないんだし、いい加減、素人探偵からは足洗え」

「でも競馬詐欺の実態は教えてくれたじゃん」

「お前らが変な方向へ走り出す前に手を打っただけ。くれぐれも、無茶はするなよ」

欽ちゃんは伝票を手に、席を立った。

取り残されたロンは、欽ちゃんが書いたメモを改めて眺める。これで詐欺のからくりはわかった。少なくとも一度、キシが川崎競馬場へ足を運んだのは確実だろう。ひょっとすると、神奈川県内を根城にしているかもしれない。だとすれば、思いのほか近くにキシがいることになる。

うっすらとだが、光が見えた気がした。

ディスプレイのなかのヒナの顔は、疲れていた。瞼《まぶた》が重く、肌も少し荒れている。ロンが「大丈夫か」と問うと「平気」と応じたが、その声もくたびれていた。

「人が多い場所に行くの、久しぶりで。疲れちゃった」

「ムリすんなよ」

「でも、せっかく大学入ったのに講義受けないわけにもいかないから。勉強自体は面白いし」

ふう、と息を吐いたヒナは、車いすのハンドリムを軽く叩いた。

「街中をこれで移動するのって、本当に大変なんだよ」

ヒナは平日毎朝、自宅から保土ヶ谷《ほどがや》区にあるキャンパスまで通っている。石川町駅からJRで横浜駅まで行き、そこで市営バスに乗り換えてキャンパス内の停留所で降りる。

「朝のエレベーターってめちゃくちゃ混んでるし、車いすだと場所取るから、遠慮して乗れないこともあるし。みんな自分優先だから、いつまで経っても乗れなかったりするんだよ。冷たいなあ、って感じ。バスに乗るのも大変だしね。乗り降りのたびに運転手さんに助けてもらわないといけないし。最近は顔見知りの人もできてきたから、助けてもらえることもあるけど、やっぱり申し訳ないよね」

ロンはうなずきながら、疲れるはずだ、と納得する。

言われてみれば、街中には「二本の足で歩ける」ことを前提につくられたデザインが多すぎる。エレベーターの個数は限られているし、利用者が多いせいでなかなか乗れなかったり、遠回りだったりする。駅や建物の出入口も、階段しかない場合がある。

「移動できることと、楽に移動できることは別だもんな」

「そう、そうなんだよ！」

ヒナは声に力をこめた。

「そりゃあたしかに、わたしはなんとか毎日通学できてるよ。でも普通に歩ける人に比べたら時間がかかるし、ストレスもたまる。毎日毎日、すみません、ありがとうございます、って言って助けてもらわないと移動できないんだよ。不自由すぎない？　それをさ、移動できてるんだからいいだろ、みたいに思われると腹立つよね」

「やっぱり、ストレスたまるか」

「めちゃくちゃ。ジロジロ見られたり、舌打ちされるのもしょっちゅうだし。スマホ見ながらぶつかってきたくせに、嫌そうな顔する人もいるからね。そっちが前見て歩けよ、って話なんだけど」

話しているうちに、憤慨していたヒナの顔がやわらいできた。

「ロンちゃんに話したらスッキリした。ありがと。ごめんね、本題の前に」

「なあ、ヒナ」

「うん？」

「今度、一緒に通学しようか」

自然と、ロンはそう口にしていた。

「毎日はムリだけど。バイトの都合がつく日だけでも送っていくよ。助けてもらう相手が俺だったら、いちいち恐縮しなくてもいいだろ。後ろに男がいたら変なやつも減るだろうし」

「悪いよ、それは」

ヒナは即答した。

「そこまで迷惑かけたくない。いつまでもロンちゃんに頼ってたら、成長できない」

「困った時は、頼るのが俺らのやり方じゃないの？」

引きこもりだったヒナを変えたのは、ロンやマツ、凪といった仲間たちだ。アーティスト引退の瀬戸際だった凪を救ったのも、クルーや仲間たちだった。助け合いは決して悪いことじゃない。

「マツだってそうだろ。あいつは俺たちに助けを求めてきた。それは、甘えてるんじゃない。俺たちなら、迷わず力になると信じてるからだ。ヒナも頼りたいことがあるなら、遠慮なく言えよ」

ヒナはすねるように口をすぼめて、上目遣いになった。

「……じゃあ、すっごくヒマな時でいいから、ついてきて」

「だいたいヒマだけどな」

言っていて自分で悲しくなる。ともかく、ヒナの話題には区切りがついた。

「それで、競馬詐欺の件なんだけど」

ロンは改めて、事件のあらましを語った。上林が首吊り自殺に失敗したくだりを話すと、ヒナは露骨に顔をしかめた。彼女が車いす生活を余儀なくされているのは、かつて自殺を試みたことに原因がある。

最後まで聞き終えたヒナは、重い声音で「ありがとう」と言った。

「ごめん。気分悪くなる話もあったよな」

「別に、いい。自殺しようとしたこと、今はすごく後悔してる。その上林さんも、いずれ後悔すると思う」

ロンは話を進める。

「マツは、キシってやつを捕まえて、警察に突き出したいと言ってる。ヒナも大学で忙しいと思うけど、協力してくれるか?」

「当たり前でしょ。見くびらないでよ」

ヒナの鼻息は荒い。迷うことなく応じた幼馴染みを、心強く感じる。

「早速なんだけどさ。どうすれば、キシを特定できると思う?」

「一筋縄じゃいかないよねえ」

腕を組んだヒナは、数秒考えて「そうだね」と言った。

「わたしがやるなら、やっぱりSNSかな」

ヒナが持つSNS上の多重人格のなかには、「ギャンブル狂」という設定の男もいるらしい。そのアカウントを使って競馬フリークの間で出回る噂《うわさ》を集める、というのが最も手軽にできそうだった。

「あと、キシが食いついて来るのを待つのはどうかな」

「エサを用意するのか？」

「そう。上林さんは、競馬情報サイトに番号を登録したせいで、キシから電話がかかってきたんでしょ？　だったら同じサイトに登録してみれば、またかかってくるかも。他の似たようなサイトにも登録すれば、さらに可能性は高くなる」

いわゆるおとり捜査に近い。だが、相手からの反応を待つというのはいかにも確実性に乏しい。そう話すと、ヒナは「そうかな」と言う。

「たしかによくできた手口だけど、全員は騙せないよね。怪しんで途中で電話切る人もいるだろうし、信じたとしてもお金が用意できるとは限らない。成功率は意外と低いんじゃないかな。だとしたら、脈がありそうな人にはしらみつぶしに電話をかけていてもおかしくないよ」

「……まあ、やらないよりはやったほうがいいよな」

ロンはスマホにメモをしておく。

「それと、上林さんに直接会えたりするかな？」

「訊きたいことがあるのか？」

「というか、言っておきたいことがある」

よくわからないが了承した。ロンとしても、上林がどんな人間か知っておきたい。

これまで、さんざん話には聞いていた。二十歳上の男性で、柔術の達人にして、ギャンブルマニア。定職にはつかず、お酒とタバコが大好き。そのまんま、二十年後のマツを体現したような人物である。

――変な人じゃないといいけど。

そう思いつつ、まず間違いなく「変な人」なのだろうと覚悟はしていた。


関内《かんない》駅から徒歩数分の場所に、その柔術道場はある。

五階建てビルの二階から上はマンションであり、一階だけが道場となっていた。床一面に薄緑色のマットが敷かれ、白や青や黒の柔術衣に身を包んだ男女が稽古に励んでいる。一対一で組み合い、相手の手足から逃れつつ、複雑な寝技をかけあっていた。時おり、コーチからの指導が飛ぶ。

平日の夕刻。ロンとヒナは、道場の隅でその光景をじっと見ていた。とてもじゃないが、勝手気ままに私語ができる空気ではない。

ロンは以前にも、誘われて稽古を見学したことがあった。マツには「お前も柔術やれよ」と言われたが、選手たちの気迫に圧倒されて毎回断っている。ヒナが道場に足を運ぶのは初めてだった。その横顔には緊張が走っている。

今日はこの道場で、上林と待ち合わせをしている。

組手の練習に熱中していたマツが、二人に気付いた。コーチに断って稽古を抜け、ロンたちのもとに歩み寄ってくる。肩で息をしているマツは汗まみれだった。

「おう、来たな」

「カンさんは？」

「まだ。まあ、ゆっくり見学しながら待ってくれ」

ラッシュガードの上に柔術衣をまとったマツが、マットの上にあぐらをかいた。腰には黒帯を締めている。黙って稽古を見ていたヒナに「初めてだっけ？」と問う。

「うん。高一から引きこもってたし、マツの試合見たこともない」

「そっか。意外と強いよ、俺」

「らしいね。ロンちゃんに聞いた。正直、柔術が何かもよくわかってないけど」

「柔術は、武器を使わずに組んだり投げたりして相手に勝つことを目指す格闘技だな。流派も色々あるけど、俺がやってるのは打撃がない、絞め技とか関節技で勝負を決める競技。稽古見てたらわかると思うけど、パンチやキックはしない」

マツは袖《そで》で額の汗を拭った。こころなしか、その顔つきはいつもより精悍《せいかん》に見える。

「体力とか筋力だけで決まらないのが、柔術の面白いところだ。〈身体《からだ》を使ったチェス〉と言われるくらい、勝つためにはテクニックも重要なんだ。相手の出方に対して、いろいろな応じ方がある。たとえば、あれ見てみろ」

指さした先では、各々、白と黒の柔術衣を着た二人の男性が組み合っている。

「白が座ったまま、下から相手をコントロールしようとしてるだろ。あれがバタフライガード。下の選手が上の選手を返すと、スイープといって返した選手にポイントが入る。だから、黒はスイープされないように、上からパスガードを仕掛けている。パスガードにも色々あるんだけど、ああいう風に上から潰《つぶ》して、相手を背中から床に押し付けるのはスマッシュパスと言われる。脚が上手い相手でも、ああすれば文字通り手も足も出ない。マウントポジションを取られたら上の選手にポイントが入るから、白は何とか逃げようとする。ほら、今のがエルボーエスケープだ」

ロンとヒナの顔には、揃《そろ》って「?」が浮かんでいた。素人目には複雑すぎて、腕や足がどう絡まっているのか瞬時に判断できない。マツは一人で情熱的に実況を続けていたが、しばらくしてようやく二人がついてきていないことに気付いた。

「あれ。ちょっと難しかったか？」

「何が起こってるかわからないし、用語も知らない」

ロンの答えにヒナが「同じく」と続く。

柔術のことになると、マツは周りが見えなくなる。大会で好成績を残しているだけあって、腕前はなかなかのものらしい。黒帯を締めていることからも、それはわかる。

「マツって、いつ柔術はじめたんだっけ？」

「十二歳」

「何がきっかけ？」

長い付き合いだが、意外と柔術についてはロンも知らないことが多い。マツは「道場、近いからな」とだけ答えた。なんとなくはぐらかされている感じがしたが、その場で深追いはしなかった。

結局、稽古が終わっても上林は現れなかった。マツは「おかしいな」と言い、スマホを確認する。

「あ、さっきメッセージ来てた。近くの居酒屋にいるって」

「道場に来るんじゃなかったのか？」

「気が変わったんだろ。着替えてくるわ」

更衣室で私服に着替えたマツに連れられ、三人で関内駅前の焼き鳥屋に入る。目当ての人物は、すでにテーブル席で一人飲んでいた。四十代と見える、無精ひげを生やした細身の男だ。茶色いブルゾンを着て、室内だというのにネックウォーマーをしている。マツと目が合うと「おう、マッオ」と片手を挙げた。

「ちょっと、カンさん」

マツは上林の隣に座りながら、口をとがらせる。

「なんで来てくれなかったんすか。みんな、会いたがってましたよ。もう二か月も道場行ってないんでしょ？」

ロンは上林の向かいに、車いすのヒナはその隣に落ち着いた。上林はビールの入ったジョッキを傾けながら、渋い顔を作る。

「直前までは行くつもりだったよ。けどさ……こんなの、みんなに見せられないだろ」

上林は片手でネックウォーマーをずらした。青紫色の絞め跡が、首にくっきりと刻まれている。

「ネックウォーマー、つけたままでいいじゃないすか」

「道場でこんなもんつけてたら、余計に怪しいだろうが。そんなのいいから飲めよ」

マツはビールを、ロンとヒナはコーラを頼んだ。注文を終えて店員が去ると、上林が改めて「で？」と言った。

「その二人が、マツオの幼馴染みか？」

「そう。どっちも保育園からの付き合いっすよ」

ロンとヒナは、各々簡単な自己紹介をした。ロンが警備員のアルバイトをしていると話すと「俺も長いことやってたよ」と笑い、ヒナが横浜国立大学の学生だと知ると「大したもんだ」と感嘆してみせた。愛想がいいとは言えないが、人懐こい笑みのせいか、上林との会話は不思議と弾む。

マツは三杯目のビールに入った頃、ふと「そうだ」と言った。

「カンさん。今日はただの飲み会じゃないんすよ」

上林はとぼけながらレバーをかじる。マツはロンとヒナに目くばせをした。

「え、そうだっけ？」

「今ね、俺らキシの行方を捜してるんですよ」

「やめとけ。そんなことしなくていい」

言下に否定する上林に、マツは「なんでですか」と食ってかかる。

「このままでいいんすか」

「よくないけど、仕方ないだろ」

上林は、多額すぎる借金に思い悩み、自殺を試みた人間とは思えないほど飄々《ひょうひょう》としている。いや、一度は死に踏み切ったからこそ、もはやどうでもいいのか。

「マツオに言われた通り、警察には相談した。それで十分だろ。だいたい、キシを見つけてどうする？　金返せって言って、返してくれんのか？　そんなわけないよな。蹴っても殴っても、もう金は戻ってこない。だったら、無駄なことにお前らの時間を使う必要はない。俺と違って若いんだ。もっと有益なことに使え」

上林は勢いよくジョッキを傾けた。その横で、マツは不服そうに拳《こぶし》を握りしめている。

「なんすか、有益なことって」

「なんでもいいだろ。働くとか、遊ぶとか、勉強するとか」

「俺にとっては、これが最も有益なことなんですよ！」

マツの声が大きいのは酔いのせいか、あるいは怒りのせいかもしれない。正面からにらまれても、上林は一切動じず、静かにマツを見返している。ロンは、上林も柔術の手練《てだ》れであることを思い出した。辺りにはにわかに殺気が充満する。

沈黙する二人に割って入るように、ロンは「あの」と言った。

「カンさん……って呼んでもいいですか」

「いいよ」

「じゃ、カンさん。登録した競馬情報サイト、覚えてますか」

上林はためらっていたが、やがて「まあいいか」と独言して、スマホを操作した。

「このサイト」

向けられたスマホの画面を、ロンとヒナは凝視する。サイトのロゴと、競走馬の写真が表示されていた。ヒナは一目見ただけで「覚えた」とつぶやく。

「……ありがとうございます。実は、警察にいる知り合いから、今回の詐欺のスキームを教えてもらったんです。説明していいですか」

ロンは欽ちゃんに聞いた競馬詐欺の構図を、簡単に話した。上林はあまり興味がない様子で、たまに気のない相槌《あいづち》を打つ程度だった。もっと食いつくと思っていただけに、当てが外れた。

「ここまで聞いて、どう思います？」

あまりに手ごたえがないため、そう尋ねてみた。だが上林の反応は変わらない。

「ふーん、って感じだな」

「腹、立ちませんか。いいように騙されて」

「別に。自分のバカさ加減がよくわかったよ」

思わずロンとマツは顔を見合わせる。キシを警察に突き出すのは、カンさんの敵討ちのためと言ってもいい。それなのに肝心の当人がこの態度である。かすかだが、ロンは迷いを覚えた。

――これ以上進めても、この人のためにならないんじゃないか？

沈黙したロンに代わって、ヒナが口を開く。

「わたし、カンさんにどうしても言いたいことがあって」

意を決したような表情だった。膝《ひざ》の上で両手を固め、まっすぐに上林を見ている。

「なにか？」

「以前、わたしも自殺を試みたことがあります」

上林の顔色が変わった。右手をジョッキから離し、神妙な顔つきになる。

「おい。ヒナ」

とっさにロンは止めた。そんな話をするなんて聞いていない。だがヒナは構わず、話を続ける。

「十六歳の時でした。わたしはある男性に傷つけられて、そのうえひどい噂も流されました。誰も信じられなくて、一人で悩みました。苦しくて、つらくて、誰にも相談できなかった。親にも友達にも。それで、トラックの前に飛び出して死のうとしました」

ヒナはそこで言葉を切った。過去を嚙《か》みしめるように、目を閉じ、口を引き結ぶ。

「でも失敗しました。事故の後遺症で、歩けなくなりました」

瞼を開いたヒナは、ハンドリムに手を置いた。

「わたし、バカでした。死ねなかった時のことなんて考えてなかった。冷静に考えれば、失敗する可能性だって十分あるのに。入院生活は、一言で語れないくらいつらかった。もう二度と自分の足で歩けないんだってわかった時、人生でいちばん絶望しました。なんてバカなことしたんだろうって」

上林はテーブルに肘《ひじ》をつき、じっと耳を傾けている。

「それでも、わたしはまだ幸運でした。同じ病院には、自殺を試みて植物状態になった人もいました。話すことも、指先一つ動かすこともできないんです。食事も排泄《はいせつ》もできない。何時間かおきに、体位変換と痰《たん》の吸引もしてもらわなきゃいけない。看護師さんが言ってたんですけどね。自殺に失敗した人はみんな、口を揃えて言うんですって。『こんなはずじゃなかった』って」

ロンは息を呑《の》んだ。そんな話を聞くのは初めてだ。「言っておきたいことがある」というのは、このことだったらしい。

「カンさんは、幸い甚大な後遺症はなかった、と聞きました。でもそれは、たまたまなんです。パイプが折れるのがあと少し遅かったら、寝たきりになっていたかもしれない。そういう事態を想像してましたか」

上林は何も言わなかった。黙って、ビールの水面《みなも》に映った自分の顔を見ている。

「わたしにも、自殺したくなる気持ちはわかります。けど、自殺を選ぶ人には賛成できません。カンさんも、もし今後そういう誘惑に駆られたら、さっきわたしが話したことを思い出してください」

重々しくうなずいた上林は、ビールで舌を湿らせてから口を開いた。

「……わかった。ありがとう」

「わかってもらえたなら、いいんです」

ヒナは顔の緊張を緩めて、コーラに手を伸ばした。

ロンは密かに反省する。幼馴染みのことなら、だいたい知っていると思っていた。ヒナもマツも、二十年近く付き合っているのだから。しかしどんなに気心の知れた相手でも、知らない側面はまだまだある。ヒナが過去に体験してきたことも、マツが柔術にかける熱意も。

上林はヒナの言葉を嚙みしめるように、焼き鳥をゆっくりと咀嚼していた。

翌週の夜、凪から電話がかかってきた。自室にいたロンが出ると、開口一番「ごめん」という凪の声が飛びこんできた。

キシの件は、凪にも相談していた。彼女は二つ返事で「なんでもやるよ」と応じた。昨年、凪をアーティスト引退の危機から救ったメンバーのなかにはマツもいた。凪には、キシの音声データの解析を頼んでいた。留守電に残されたキシの音声から、個人を特定するヒントが得られないか、検証してもらったのだ。凪自身は分析スキルを持っていないが、音楽関係者のなかには解析技術に通じた者がいるという。

「結論から言うと、よくわからなかった。本当、ごめん」

「謝るなよ。しょうがない」

「ツテたどって、何人かに調べてもらったんだけどね。うちのサカキも頑張ってくれたんだけど」

サカキはグッド・ネイバーズのＤＪである。機材に詳しい彼が中心となって、解析を進めてくれたらしい。ただ、手元にあるのはたった数秒の音声データだ。これで個人を特定しろというほうが無茶だろう。

「ありがとう。最初から難しいとは思ってたし、他のやり方試すわ」

「あ、ヒントになるかわからないけど」

凪は思い出したように付け加える。

「サカキが言うには、岩手っぽい訛《なま》りがあるって」

「よくわかるな」

「岩手出身なんだよ、サカキ。若干だけど、地元と似た訛りがあるみたい」

言われてみれば、キシの言葉はイントネーションが独特だった。どう生きるかは不明だが、これもヒントには違いない。

「知り合いには、これからも色々訊いてみるから」

「頼む」

凪との通話はすぐに終わった。レコーディングの真っただ中とかで、忙しい時期らしい。そんななかでも、凪やサカキはマツのために時間を割いてくれた。そのことのありがたさが身に染みる。

――しかしなあ。

肝心の上林自身、今一つ前向きではないのが気にかかる。これでは、キシを捕まえたとしても上林の憂鬱さは消えないかもしれない。一見飄々とはしているが、ヒナの話を聞いている最中の態度からは、いまだ深い沼の底にいるような重苦しさを感じた。キシに罪を償わせたとしても、本質的には何も解決しないのかもしれない。

仰向《あおむ》けに寝転んだロンは、天井を見ながら考える。

——本当に、これでいいのか？

もっと、他にやるべきことがあるのではないか。そんな思いが拭いきれない。

ヒナの調査も思うように進んでいなかった。ギャンブル好きのアカウントを使って競馬詐欺の噂を集めているが、キシにつながる情報はまだない。怪しい予想屋の話自体はよくあるらしく、余計な情報がかえってノイズとなっていた。

頼みの綱は、キシの側からの連絡だ。上林から聞き出した競馬情報サイトには、すでにマツ、ロン、ヒナ、凪の四人分の電話番号を登録している。誰か一人でも連絡があれば、そこからキシの正体に近づけるかもしれない。

また、スマホが震動した。マツからの電話だ。このところ連日かかってくる。ロンが出ると、勢い込んだマツが「ロンか」と言った。

「今日も見つからなかった。似た声のやつはいたけど、別人だった」

マツはキシを探すため、都内の大井《おおい》競馬場にいるという。

キシに関する数少ない手がかりの一つが、「川崎競馬場に足を運んだ」という事実であった。川崎競馬場は「南関東公営競馬」の一角である。大井、船橋《ふなばし》、浦和《うらわ》と合わせた四か所で、週替わりでレースが行われる。

このことから、マツは「南関東公営競馬」のどこかにキシが出没しているのではないかと見ていた。今週は大井でレースが行われているため、わざわざ都内にまで足を運び、キシと同じ声の持ち主がいないか、あるいは怪しげな電話をしている人物がいないか、探しているのだ。

だが率直に言って、ロンはこの方法では見つかるはずがないと考えていた。大勢の観客のなかから、声だけを頼りにたった一人を見つけ出すなど不可能に近い。そもそも、そこにキシがいるかも定かでないのだ。

「なあ。さすがに声だけで見つけるなんて、難しくないか？」

「じゃあ、他に手があるか？」

思いのほか強い口調に、ロンはたじろぐ。そう言われると、返す言葉に困る。

マツは明らかに冷静さを失っていた。この無謀な調査のため、インストラクターの仕事を休み、柔術道場にも行っていないという。

不穏な想像がロンの脳裏をよぎった。

「お前、変なこと考えてないよな」

「変なことって？」

「キシを見つけたら、警察に突き出すって言ってただろ。あれ、ちゃんと守れよ。もし抵抗しても、実力行使で痛めつけようなんて思うな。わかってると思うけど、マツが傷害で逮捕されたら元も子もないぞ」

一拍置いて、マツから「わかってる」と答えが返ってきた。そのわずかな間が、ロンの不安を余計に掻《か》き立てる。

なぜここまで、マツは上林に入れこむのか。いい人ではあるのだろう。直に話した経験から、ロンにもそれはわかる。だが、本人の意に反してまでキシを見つけ出そうとする姿には、どこか偏ったものを感じた。

「なあ、マツ」

「うん？」

「……いや。なんでもない。気ぃつけて帰れよ」

ロンは、喉元《のどもと》まで出かかった質問を呑みこんでいた。

――昔、カンさんと何かあったのか？

訊けば教えてくれたかもしれない。だが、なんとなくそこには触れられなかった。たとえ幼馴染みであっても、親友であっても、踏みこめない領域はある。

通話が切れたスマホの画面を、ロンはいつまでも見つめていた。

＊

十歳の趙松雄《ジヤオ・ソンシオン》――マツは、人混みの間を縫うように、すいすいと走っていた。

生まれ育った横浜中華街は、マツにとって庭のようなものだった。入り組んだ路地のどこにどの店があるか、完璧に頭に入っている。マツは一目散に中華食材店へと向かっていた。

週末の午後、しかも夏休み期間とあって、街は混雑している。マツの坊主頭は雑踏にまぎれていた。小学四年生のマツは、クラスで二番目に背が低い。幼馴染みのロンに比べると十センチも低いのだ。中華街の人たちからは「男の子は伸びる時一気に伸びるから」と言われているけれど、半信半疑だった。身長が伸びると聞いて、寝る前には必ず牛乳を飲んでいる。もちろん、ロンには内緒だ。

食材店では店主が棚の整理をしているところだった。

「おじさん、こんちは」

「おっ、マツか。お使い？」

「うん。オイスターソースと五香粉《ウーシヤンフエン》」

店主は言われた食材を棚から取り出し、ビニール袋に入れてくれた。マツは母親から預かった財布で支払いを済ませ、袋を手に店を出る。頭上の空は暗い。今にも一雨来そうだった。マツは早足で来た道を戻る。

人混みで誰かにぶつかった。マツが振り返ると、相手と目が合った。二十歳前後の男だった。十歳のマツにとっては立派な大人である。彼はサングラスをかけ、ぴたりと身体に密着したTシャツを着ていた。隣には同じ年格好の連れがいる。連れのほうは金髪をワックスで逆立てていた。

「なに、お前。メンチ切ってんの？」

サングラスの男がつかつかと歩み寄ってきた。金髪は「やめとけって」と言いながらにやにや笑っている。たじろぐマツの目の前に、サングラスの男が立った。

「めちゃくちゃ生意気そうなんだけど、こいつ」

その言葉に、連れは「まあね」と同意していた。マツは緊張で動けない。こういう時は逃げるのがいいとわかっていても、足が動かない。サングラスの男が顔を近づけてきた。日に焼けた肌が威圧感を増している。

「お前、日本人？　中国人？　日本語わかる？」

怖さと同時に、苛立ちも感じた。マツは日本生まれ日本育ちだ。日本語を話せないわけがない。

「話せます」

「名前は？」

「趙松雄《ジャオ・ソンシオン》」

ぷっ、とサングラスの男が笑った。おかしいことを言ったつもりはないのに。

「やっぱりそうじゃん。中国人。だからぶつかっても謝らないんだよ。ガキのくせに生意気なんだよな」

急激に、頭に血が上る。

「ぶつかったのはそっちだろ」

「おっ、なに？　やる気じゃん」

金髪の連れが冷やかすように言う。サングラスの男は余裕のある態度で、マツの肩を抱きこんだ。

「わかった、わかった。ちょっとこっち来い」

マツは男の腕を振りほどこうとしたが、思いのほか力が強い。なされるがまま、狭い路地裏に押しこまれた。二人の男に前後を挟まれる。エアコンの室外機や、食用油の缶が所狭しと並んでいた。

「金、持ってる？」

「は？」

サングラスの男は躊躇なく、ビニール袋を奪い取った。中身をあらためて「なんだこりゃ」と言う。

「いらね」

男が袋を逆さまにすると、中身がすべて落ちた。オイスターソースの瓶が割れ、どろりとした黒い液体が地面に流れる。金髪の男が鼻をつまみ、奇声を上げた。

「何これ。くさっ！」

マツは顔を真っ赤にして叫ぶ。

「何やってんだよ。ふざけんな！」

「うるせえよ、中国人が」

サングラスの男が、革靴のつま先でマツの腹を蹴り上げた。へその辺りに激痛が走り、うっ、とマツはその場にうずくまる。その姿を見て、金髪の男がまた笑った。

「いくねえ、リュウノスケ」

「中国人のガキに遠慮することないだろ」

リュウノスケと呼ばれたサングラスの男は、今度はマツの肩を蹴りつけた。のけぞったマツは、外壁に背中を打ちつける。下腹部には熱を持ったような痛みがあった。逃げようにも、逃げ場がない。

「金、持ってんなら早く出せ」

リュウノスケがサングラスを外し、冷たい声で告げた。鼻柱が太く、目は重たげな二重だった。

母親の財布はジーンズのポケットに入っている。怖かったけれど、素直に差し出すわけにはいかない。こんなやつらに屈するのは嫌だった。マツは黙って相手をにらむ。

路地に舌打ちが響いた。

「早く出せって」

ぱん、と高い音が鳴った。左の頰《ほお》を平手で打たれた。じんじんと痺《しび》れるように痛い。涙が出そうだったけど、どうにか堪《こら》える。

「もう涙目じゃん。その辺にしとけって」

連れが止めても、リュウノスケは「こいつ気色悪いんだよ」と言う。

「殴っても、怯《おび》えない。むしろにらんでくる。中国人だからか？」

「中国人じゃない。趙松雄《ジャオ・ソンシオン》だよ」

マツが言い返すと、再び平手が飛んできた。我慢できず、ぽろりと涙がこぼれる。「あーあ、泣いちゃった」と連れがからかう。リュウノスケが拳を振りかぶる。マツはとっさにしゃがみこんだ。パンチがマツの顔に飛んでくる直前。

「あのう」

スポーツ刈りの若い男が、背後からリュウノスケに話しかけていた。彼は眠たげな目で、二人の男を交互に見ている。

「警察のほうから来た者ですけど。こんな場所でなにやってるんですか？」

男たちは顔を見合わせ、「なんでもないっす」と口早に言い、白けたような表情で路地から去っていった。それでも、リュウノスケは去り際までマツをにらんでいた。マツは立ち上がり、服についた泥を払う。

「……ありがとう、欽ちゃん」

若い男は、幼馴染みの岩清水欽太であった。欽ちゃんは雑談と変わらない調子で「大丈夫か？」と問う。

「うん、平気」

本当は腹がまだ痛かったけれど、顔には出さなかった。それに、安堵《あんど》もしていた。何より大事な財布は守ることができたのだ。

「さっき警察って言ってたけど、欽ちゃん、まだ警察官じゃないよね？」

「だから言っただろ。警察のほうから来た、って」

欽ちゃんは今年の春、警察学校に入校したばかりだった。まだ卒業はしていない。

マツはさっき行った中華食材店に、もう一度向かうことにした。欽ちゃんは「付き合うわ」と言い、並んで歩く。

歩いているうちにさっき起こったことが思い出され、だんだんムカついてきた。リュウノスケは、なぜ自分に絡んできたのか。中国人だから？　生意気だから？　考えれば考えるほど理不尽で、腹が立つ。

「ねえ。欽ちゃんは日本人だよね？」

振り向いた欽ちゃんが短く刈った頭を掻く。極端にくせ毛の欽ちゃんは、最近まで鳥の巣のような頭だったが、警察学校に入ってからはスポーツ刈りにしている。

「なんだよ、今さら」

「日本人は、日本に中国人が住んでいるのがいやなの？」

ぴたっ、と欽ちゃんが足を止めた。

「……なんでそんなこと訊く？」

「さっきのやつが、中国人、中国人、って言ってたんだよ。めちゃくちゃ差別されてる感じがした。謝らないのも中国人だから、とか。俺が中国人だったらなんなの？　何か悪いことした？」

話しているうちに悔しさがこみ上げて、また泣きそうになる。こういう目に遭うのは初めてではなかった。店の手伝いをしている時、母が客から暴言を吐かれているのを目にしたこともある。春節の時期、観光客が中国人に対して罵声《ばせい》を浴びせていたのを聞いたこともある。これからあと何度、同じような思いをしなければならないのだろう？

欽ちゃんはマツの肩に手を置いた。温かい手だった。

「マツ。よく聞けよ」

欽ちゃんの声は真剣だった。

「その場にいてはいけない人間なんて、いないんだ。国籍も、性別も、年齢も関係ない。誰がどこにいようと、他人から排除される理由なんかない。同じように、他人を排除していい権利もない。不法侵入でもない限りな」

「俺、フホーシンニューなんかしてないよ」

「わかってる。マツは合法的にこの国で生まれて、合法的にこの国で育った中華街の子だ。出ていく必要なんかない。もしお前に出ていけという人間がいるなら、俺も出ていくことになる。俺だって中華街の子だからな」

欽ちゃんの言葉は、完全には理解できなかった。ただ、どうやら出ていかなくてもいいらしい、ということはわかった。マツは欽ちゃんの顔を見上げる。

「ここにいて、いいんだよね?」

「当たり前だろ。ここがお前の地元だ」

濡れた毛布を着ているみたいに重かった身体が、少しだけ軽くなった。

マツは再び歩き出す。欽ちゃんも遅れてついてくる。早く戻らないと、母親に叱られる。マツはほとんど走るように、店へと向かった。

道場の存在を知ったのは、中学に上がってすぐの頃だった。きっかけは父親だった。

――関内のほうに、柔術の道場があるらしいぞ。

朝食の席で、粥《かゆ》を食べながらマツの父が言った。

――何《ホー》さんの息子がそこに通ってて、大会で入賞したんだと。お金もあんまりかからないらしいし、お前、やったらどうだ？

マツは小学生の頃から、習い事をやりたいと両親に訴えていた。同級生たちはスイミングをはじめたり、学習塾に通ったりと忙しそうだ。特に興味があるのは、サッカーや野球といったスポーツだった。勉強はいまいちだが、幼いながらに運動神経は人より優れている自信があった。

ただ、柔術と言われてもまったくピンとこなかった。柔道ならまだイメージできるけれど、柔術というのがどんな競技かもわからない。だが父親には、お金がかからない、という一語が魅力的に感じられるらしく、しきりに勧めてくる。仕方ないから、とりあえず道場を訪ねてみることにした。見学して、興味が持てなければ入会しなければいい。

平日の夕方、マツは一人で足を運んだ。

道場は五階建てビルの一階にあった。扉を開けると、熱気が顔にぶつかってくる。薄緑色のマットの上では、二十人ほどの男女が準備体操をしていた。上座で指揮を取っていた男性が、真っ先にマツの来訪に気が付いた。青い柔術衣をまとっている。

「後は各自でストレッチしといて」

そう言いおいて、男性はマツに近づいてくる。年齢は三十歳前後だろうか。柔術衣の上からでも、肉体が引き締まっているのがわかる。締めている帯は黒だった。無精ひげを生やした男性は、出入口に立っているマツを見下ろす。

「見学希望?」

「はい」

「保護者は一緒じゃないの?」

「家、近いんで。中華街にあるんです」

男性はマツの物怖《ものお》じしない態度に、おや、という顔をする。

「道場来たことあるの? 慣れてる感じだけど」

「初めてです。柔術がどんな競技かもよく知らないです。けど、お金がかからないらしいから行ってこいって、父さんが」

それを聞いて、あはは、と男性は高らかに笑った。

「間違ってはないな。うちは月謝安いし、買うのも柔術衣くらいだしな。ちょっと待っててくれ」

男性は一枚の用紙を持ってきた。見学者には連絡先を書いてもらっているらしい。ボールペンを渡され、「わかるところだけ書いて」と言われたので、名前と住所だけ記入した。趙松雄という名前を見た男性は、「友達はなんて呼んでる?」と尋ねた。

「ジャオとか、マツとか」

「じゃあ、マツオはどうだ」

どうしてそうなるんだ、と思いつつ「なんでもいいです」と答える。今度は男性のほうが自己紹介をした。

「俺は上林寛之。名字長いから、カンさん、でいいよ。みんなそう呼んでる」

「わかりました」

「今日は大人のクラスなんだけど、小中学生向けのクラスは週二日やってる。後でパンフレット渡すから、月謝とかはそっち見て。じゃあ俺は戻るから。マットの隅にいてくれれば、いいから。トイレはあっちね」

稽古に戻ろうとする上林を、マツは「あの」と引き止めた。

「カンさんは、先生なんですか？」

「そんな感じ」

にっと笑って、上林は戻っていく。準備体操が終わり、前転や後転、受け身などのウォーミングアップに入った。上林は大人の会員たちを指導しながら、練習を指揮する。他に指導者らしき人はいないようだった。

それから、ドリルといわれる反復練習や技の研究を行う。いずれも上林が手本を見せてから、他の会員たちが二人一組で練習する。同じことの繰り返しで、なんとなく、マツには地味に見えた。

だがスパーリングがはじまると、目の前の光景が一変した。

二人の会員が試合さながらに組み合い、めまぐるしく上下が入れ替わる。全身が躍動し、腕や足が複雑に絡み合う。人間と人間が、素のままで闘っている。マットの擦《こす》れる音や息遣いの激しさをマツは肌で感じた。

とりわけ、上林のスパーリングは見ごたえがあった。

順番にかかってくる会員たちを相手に、次から次へと技を決める。どんな技なのか、なぜ決まっているのか、マツにはわからないが、それでも相手を制圧する姿に凄《すご》みを感じた。まるで手品を見ているようだった。上林は教えるのも丁寧で、どこが悪かったのか、どう対処すればよかったのか、実技を交えて指導している。

——カンさん、いい人なんだな。

軽くていい加減な大人に見えたけれど、案外しっかりしているらしい。二時間半の練習を、マツは最後まで見届けた。上林は汗を拭《ふ》きながら、道場の隅にいるマツのほうへ近づいてくる。

「どうだった？」

「凄かったです」

「入会するか？」

「はい」

勢いでそう答えていた。上林はまた、にっと笑った。

「楽しみだな」

マツが柔術と出会った、最初の日だった。


中学三年生のマツは、練習を終え、更衣室で着替えている最中だった。

柔術衣とインナーウェアを脱ぎ、私服に着替える。時刻は午後七時だった。腹はペコペコだ。だが、実家の「洋洋飯店」は書き入れ時である。親からは夕食代を渡されていた。どこかで食べてこい、ということだ。こういう時は、だいたい中華街にある知り合いの店で食べて帰る。

更衣室から出ると、館主が話しかけてきた。館主は五十代の男性で、頭髪を綺麗《きれい》に剃《そ》りあげている。この人が道場のオーナーであり、指導者のトップだ。

「マツ。お前、高校に上がっても柔術続けるのか？」

「もちろんです」

迷うことなく答えた。

道場に通いはじめて二年半、マツはすっかり柔術にのめりこんでいる。とりわけ、年齢や体格の差をひっくり返せるところが面白い。自分より大きい相手でも、テクニックを駆使すれば勝つことができる。小柄なマツにとって、体格によらず勝負ができる競技は魅力的だった。

実力は着実についている。先日、マツは全日本キッズ選手権で優勝したばかりだ。子ども向けの柔術大会は、年齢や帯の色、体重の違いで細かく分けられており、マツは出場カテゴリーで金メダルを獲得した。

返事を聞いた館主は、「頼もしいな」と朗らかに笑った。

「おう、お疲れ」

話しかけてきたのは上林だった。会員たちの居残り練習に付き合っていたため、まだ柔術衣を着ている。黒帯の上林はこの道場でコーチという役割を与えられていた。実質的に、会員たちを指導するのは上林の仕事だ。道場のコーチ以外にはたまに日雇いのアルバイトをする程度で、定職にはついていないらしい。

「マツオ、この後ヒマか？　飯、食いに行くか？」

マツの顔がぱっと輝く。

「いいんですか」

「おう。そろそろ中華街行きたいと思ってたんだよ。ちょっと待っててくれ」

マツが一人で夕食を取っていると知ってから、上林は時々こうして食事に誘ってくれる。懐具合に余裕がある時はおごってくれるが、各々で支払いを済ませることもある。マツにとってはどちらでもよく、上林と一緒に食事できることが大事だ。

じき、茶色のブルゾンにジーンズという服装に着替えた上林がやってきた。二人で連れ立って中華街へ向かう。道場からは徒歩で行ける距離だ。

「今日は俺がおごるわ」

見るからに、上林は上機嫌だった。その理由をマツは察する。

「ギャンブル、勝ったんですか？　パチンコ？」

「お馬さんです」

上林は嬉しそうに、手綱を握る真似をする。

上林が大のギャンブル好きだということを、マツはずいぶん前から知っている。上林が大人の会員と話す時には、会話に「昨日はえらく負けて」とか「重賞ですからねえ」といった言葉が交ざる。最初は仕事の話かと思っていたが、一、二年もするとどうも違うらしいとわかってきた。

競馬。パチスロ。競艇。競輪。一通りのギャンブルに手を染めている上林だが、なかでもお気に入りは競馬らしい。中華街の店でエビチリ定食を食べながら、上林は言う。

「マツオも今度、競馬場行くか？」

「行っていいんですか？」

「入るだけなら年齢制限ないんだよ。馬券は二十歳からだけどな。ここからだと、川崎競馬場が近いな。次、レースある時に連れていってやる。親の了解が取れたら、だけどな」

にわかにマツの胸が躍る。中華料理店を営む両親は多忙で、遠くへ連れて行ってもらった記憶はあまりない。川崎競馬場の最寄り駅である港町《みなとちょう》までは、石川町から三十分ほどだが、それでも想像するだけでウキウキした。好物の唐揚げを頰張る。

「絶対連れてってくださいね」

「おう。なんだよ、そんなに競馬が楽しみか？」

「俺、カンさんみたいになりたいんです」

マツは真剣に言ったつもりだったが、上林は「やめとけ」と苦笑した。

「どこがいいんだよ、こんなプーのおっさん」

「プー？」

「無職ってこと。いいか。俺みたいなのを、世間ではロクデナシっていうんだよ。決まった仕事にもつかず、賭《か》け事ばっかりやってるしょうもない人間だ。マツオは俺みたいにフラフラするな。ちゃんとした定職につけ」

「でも、カンさんめっちゃ強いじゃないですか」

「強くてもクズなんだよ、俺は」

上林は冷たいウーロン茶をあおる。マツはなぜだか、腹が立ってきた。マットの上であんなに強い人が、どうして自分をクズだなんて言うのか。だったら、そのクズに憧《あこが》れている自分は何なのか。

「俺、もっと強くなりたい」

気付けば、マツは箸を置いて語っていた。

「バカにされっぱなしなのは、もう嫌なんです。中国人とかなんとか言って、見下してくるやつらを痛い目に遭わせてやりたい。せめて、絡んだことを後悔させたい。だからもっと強くなりたいんです。カンさんみたいに強くなりたいと思ったら、ダメですか？」

上林は真正面から、マツの言葉を受け止めた。

「……強いっていうのは、他人を痛い目に遭わせることとは違う」

それまでより低いトーンで、上林は言った。

「誰かに復讐したいとか、誰かを傷つけてスカッとしたいとか、そういうのは全部強さとは違うんだよ。本当の強さっていうのは、心の問題だ」

「身体を鍛えることじゃないんですか」

「手段だよ、それは。たとえばな、マツオの目の前にボコボコにしてやりたいほど嫌いな人間がいるとするだろう」

とっさに、これまで自分を嘲笑《ちょうしょう》してきた人間の顔が浮かぶ。

「お前が柔術をマスターすれば、確実にそいつらより強くなれる。本気になれば絞め殺すことだってできる。柔術は、人を殺すことができるんだ。気道を絞めれば一発だ。でも、あえて自分から手は出さない」

「どうして？」

「卑怯《ひきょう》だからだ。確実に勝てる相手に勝負を挑むのは、卑怯な行為だ。お前がやっていいのは、相手からの暴力をかわし、防御すること。これだけなんだよ。強いっていうのは、どんな相手であっても精神的な余裕を保つことだ。まだ難しいかもしれないけど、覚えておけ」

今一つ釈然としなかったが、マツは「はい」と応じた。上林はたまに、こういう難しいことを言う。

——強いっていうのは、どんな相手であっても精神的な余裕を保つことだ。

上林の低い声音とともに、その言葉はいつまでもマツの胸に残った。


酔客と遭遇したのは、高校二年の夏休みだった。

道場帰りのマツは、いつものように上林と夕飯をとっていた。中華街にある知人の店で、二人そろって麻婆豆腐《マーボー》を食べていた。

高校に入ってからというもの、マツの身長は急激に伸びた。一年と四か月で、一六〇センチから一七五センチになった。マツの希望通りではあったものの、あまりに身長が変化したため、柔術のやり方も変えざるを得なかった。

「体重増えたせいで、身体が重い気がするんすよね」

「押さえこみやすくていいじゃねえか。じき、慣れるよ」

上林と雑談を交わしながら、熱い麻婆豆腐を口に運んだ、その時だった。店の奥から、ガラスの割れる音が響いた。

「んだこらぁ！　ぶっ殺すぞ！」

姿は見えないが、男の怒声が聞こえる。しん、とフロアが静まりかえった。店員が必死に謝っているのが聞こえた。ちょっとした粗相があったらしい。謝罪しているのはマツの知り合いで、数年前に来日した福建省《ふっけんしょう》の出身者だった。

「なに、お前。中国人だよな？　話し方おかしいもんな？」

再び、男ががなり立てる。

「んだよ、中華街だからって偉そうに。いいか。お前らはな、日本人にいさせてもらってんの。俺ら日本人が許してるからここにいられるだけで、その気になればいつでも追い出せるわけ。そうだろうが。返事は？」

マツは怒りで頭が真っ白だった。あまりに無礼な物言いだ。その男に、日本人を代表する権利などあるはずもない。

マツは身体を傾けて、店の奥を覗《のぞ》きこんだ。騒いでいる男は、男の連れと四人でテーブルについていた。卓上には空のビール瓶が所狭しと並んでいる。同席者の一人がたしなめた。

「もういいって、リュウノスケ」

その名を聞いた瞬間、マツは思い出した。リュウノスケ。十歳の頃、マツに暴力をふるった男と同じ名前だ。横顔をじっと観察する。あの時の男とよく似ている気がする。腹を蹴られ、顔を張られたことはいまだに忘れていない。

——今なら。

あれから七年が経ち、体軀《たいく》は見違えるように発達した。柔術も身につけている。今ならあいつと組み合っても互角、いや、十分に勝つことができる。素人なら、関節を極《き》めてやれば一発だ。

——柔術は、人を殺すことができるんだ。

いつか上林が言っていた台詞が蘇る。

その気になれば、俺は人を殺すことができる。あのリュウノスケという男も。通りすがりの小学生に因縁をつけ、金を巻き上げようとしたろくでもない人間だ。あんな人間、この世にいないほうがみんなのためになる——

冷たい殺意が、マツの全身を浸した。

椅子を引いて立ち上がりかけたところで、上林が「待て」と言った。

「マツオは行くな。俺が行くから」

「いや、カンさん……」

「いいから。待ってろ」

いつになく強い口調だった。マツは気圧《けお》され、そのまま椅子に尻をつける。入れ替わりに上林が立ち上がり、店の奥へ歩いていく。まるで気負いがない。へらへらと笑いながら、揉《も》めている店員とリュウノスケの間に割って入る。

「どうかしました？」

「あ？」

突然の闖入者《ちんにゅうしゃ》に、リュウノスケが座ったまま凄んでみせる。

「なに、お前」

「いやね、静かにご飯食べたいなぁと思いまして。他のお客さんもみんな、ビックリしてるみたいですから。騒ぐのはやめてもらえるとありがたいんですが」

「頭おかしいんか、おい」

リュウノスケが立ち上がり、上林に顔を寄せた。ぴたりとしたTシャツに、発達した筋肉が浮き出ている。上林が現れたことで勇気が湧いたのか、怒鳴られていた店員も「おかしいのはあなたでしょう」と言い返す。

「帰ってください。でないと、警察呼びますよ」

「はあ？　しゃしゃんなよ、中国人が」

とっさに、リュウノスケが店員に手を伸ばした。その腕を上林がつかむ。

「やめておきましょう」

リュウノスケは、はっとした表情で上林を見た。何かを悟ったような表情だった。

「やめておきましょう」

上林は同じ言葉を繰り返した。

連れの一人が「もういいよ。なんか萎《な》えるわ」と言う。呼応するように、他の客からも「いい加減にしろ」と声が上がった。リュウノスケは上林の腕を振り払い、横目でにらんで、再び席についた。

「クソみたいな店だな」

最後に捨て台詞《ぜりふ》を吐いたが、その声はどこか弱々しかった。上林は「どうも」と言って、元の席に帰ってくる。しばらくして、店のなかにざわめきが戻ってきた。気まずくなったのか、リュウノスケたちの一団はじきに退店した。彼らは上林をじろじろ見ていたが、特にちょっかいをかけることもなく去っていった。

マツはやや不満だった。上林の実力なら、腕をひねり上げるのも、関節を極めるのも余裕だったはずだ。

「あんなやり方でいいんですか。甘くないですか」

「辛《から》い、辛い」

何事もなかったかのように、上林は麻婆豆腐を食べている。マツはさらに苛立つ。

「メシの話じゃなくて」

「十分だろ。店で暴れてどうするんだ。むしろ、諦めてくれてよかった。殴りに来てたらもっと面倒になってた」

言いたいことはわかる。だが、釈然としない気持ちが残るのもたしかだった。肘の一発を入れるくらいはしてもよかった気がする。上林は匙《さじ》を夢中で動かし、麻婆豆腐をたいらげた。空になった皿を挟んで、マツと上林は見つめ合う。

「前にも言っただろ。強いってのは、相手を痛めつけることじゃない。どんな状況でも心に余裕を持つことだ」

なお不服そうなマツに、上林はにっと口角を上げた。

「マツオにもいつか、わかる日が来るよ」

上林の言うことが正しいかどうか、マツには判別できない。ただ、この人みたいになりたいという憧れだけは、疑いようもなかった。

＊

さしたる進捗がないまま、日付は五月なかばに変わっていた。

ディスプレイに映し出されたヒナの顔は、苦渋に満ちている。

「ごめん。具体的な情報はまだ取れてない」

ＳＮＳ経由での情報収集は難航している。怪しげな情報には片端から当たっているが、どれもキシとは違う手口だった。一つ一つの情報を精査していると、一か月くらいはあっという間に過ぎ去る。

「ヒナが謝ることじゃない」

自室からオンライン会議につないでいるロンは、パソコンに向かって語りかける。

「そうかもしれないけど。でも、早くしないと……」

ヒナはそこで口をつぐんだが、何を言おうとしたのかロンにはわかる。カンさんが、また自殺を試みるかもしれない。

四人で飲んだ時、上林は表向き平静を装っていた。だが問題は何一つ解決していない。それどころか、借金の返済期限が迫ることで、上林は日に日に追い詰められているはずだ。

「慌てなくていい。最初から、無謀なのはわかってる」

励ましの言葉もどことなく空虚に響く。暗いムードのまま、ヒナとの会議は終わった。

ロンは「あー、くそ」とつぶやいて大の字に寝転がる。

マツの競馬場通いもまだ続いている。勤め先のジムからは、このままじゃクビにすると脅されているらしい。だが本人は意に介さず、競馬場でキシの声を探し続けている。このまでは雨が降る。ままではマツが無職になる。警察からも一向に連絡はない。

──打つ手なしか。

無駄なことにお前らの時間を使う必要はない。焼き鳥屋で、上林はそう言っていた。だからと言って、はいそうですか、と諦めるわけにはいかない。ただ、手詰まりになっているのも事実だった。

ロンは起き上がり、パソコンに向き直った。無駄打ちだろうと思いつつ、慣れないSNSにアクセスし、競馬に関するワードで検索をかけてみる。ヒナが探して見つからないのに自分に見つかるとは思えない。それでも、やらないという選択肢はなかった。

夕方、マツから電話がかかってきた。

「はいよ。競馬場か？」

ロンの応答に、「違う」とマツの声が返ってくる。声音が硬い。

「今、カンさんのアパートの前にいる」

「え？」

「最近、連絡しても返信ないから心配で来たんだけど、誰も出てこないんだよ。それに、部屋から変な匂いが漏れてる。なんか、炭みたいな匂い」

いやな予感がした。おそらく、マツも同じことを思っている。

「すぐに行く。どこだ？」

マツが告げたのは、野毛《のげ》町内の住所だった。良三郎の自転車を使えば、十分で着くだろう。ロンは通話しながら部屋を飛び出した。

「とりあえず、警察に連絡しろ。すぐ行くから」

スマホを切り、ダイニングでドラマを見ていた良三郎に「じいさん」と声をかける。

「自転車の鍵、貸してくれ」

「なんだ？　また遊びに行くのか？」

「いいから、早く！」

良三郎からひったくるように鍵を受け取り、外階段を駆け下りて自転車に飛び乗る。懸命にペダルを漕ぎ、混雑する中華街を駆け抜ける。リンゴあめを食べながら歩いていた観光客にぶつかりそうになり、「ごめん！」と叫ぶ。

――取り越し苦労であってくれ。

願いながら、ロンはペダルを漕ぎ続ける。「炭みたいな匂い」という言葉から連想されたのは、練炭だった。燃やすことで一酸化炭素を放出する練炭は、自殺に使われる道具としては最もポピュラーな部類だ。

ロンは横浜公園を横切り、尾上町《おのえちょう》通りを疾走する。大江橋《おおえばし》を渡って左折し、野毛町に入る。教えられた木造二階建てのアパートに到着したのは、電話を切ってからちょうど十分後だった。

上林の部屋は二階の角部屋だった。階段を上がると、マツが必死の形相でドアを叩《たた》いていた。見れば、ドアの横の小窓が割れている。

「おい、開けろ！　カンさん！　そこにいんだろ！」

怒鳴りながら、マツはドアを破りそうな勢いで連打している。ロンが来たことに気付くと、「見ろ」と割れたドアを指した。言われるがまま、ロンは割れ目から窓の内側を覗く。

そこは浴室だった。焦げたような匂《にお》いが漂い、洗い場には七輪が置かれている。よく見れば、浴室のドアにはテープが剝《は》がされた痕跡があった。肝心の上林はいないが、練炭自殺を試みたのは明らかだ。

外廊下には植木鉢が転がっていた。

「変な匂いがするから、さっき割った」

植木鉢を使ったとはいえ、分厚い窓だ。マツでなければ割れなかっただろう。

ロンとマツは、二人がかりでドアを叩く。

「もうすぐ警察も来る。早く開けてください！」

「さっさと開けろ！　死んだらぶっ殺す！」

マツはもはや錯乱状態だった。目の端に涙を滲ませ、合板のドアに拳を叩きこんでいく。ロンはマツが怒る姿を幾度も見てきたが、ここまで我を忘れた幼馴染みを見るのは初めてだった。

何の前兆もなく、突如、かちゃりと音がした。

内側から施錠が解かれる音だった。ロンとマツは一瞬顔を見合わせ、すぐさまドアを引き開ける。

そこには上林がいた。茶色のブルゾンに、色の落ちたジーンズという出で立ちだった。露《あら》わになった首には、薄くなったがまだ絞め跡が残っている。上林はイタズラがばれた子どものように、気の抜けた顔で笑っていた。

「参ったなあ」

うつむき、脂っぽい髪を掻いている。

「警察が来たら、なんて説明しようかな」

ロンが諭そうとするより早く、マツが飛びかかっていた。

上林の襟首をつかみ、足をかけて仰向けに倒す。とっさに上林は受け身を取った。マツはブルゾンの襟首をつかんだまま、腹の上に馬乗りになる。わずか一秒ほどの出来事であった。

マウントを取ったマツは、なされるがままの上林を見下ろしていた。

「返せよ」

つぶやきが、アパートの室内にこだまする。

「カンさんなら、マウント取られても返せるだろ。いつものスパーリングみたいに、返してみろよ。ほら。早く」

挑発的なマツの物言いにも、上林は反応しなかった。仰向けのまま、虚ろな目で天井を見ている。開け放したドアの外から、西日が差しこんでいた。マツの背中が真っ赤に染まる。

「さっさとやれよ！」

マツは絶叫し、上林の胸に顔を埋《うず》めて泣いた。激しい嗚咽が、立ちすくむロンの耳に届く。やがて、消え入りそうな上林の声が聞こえた。

「俺は弱い」

顔を上げたマツが上林をにらんだ。

「マツオ。俺なんかより、お前のほうがずっと強い。負け犬なんだよ、俺は」

「まだ、カンさんは負けてない」

「いいんだ」

上林は、青白い顔で無理やり笑みをつくった。

「俺は人生を賭けた勝負に負けたんだよ。最後まで、ギャンブルには弱かったなあ」

放り投げるような言い方だった。

ロンは静かに拳を握りしめる。

たしかに、上林は迂闊《うかつ》だったかもしれない。目先の欲に目がくらんでいなければ、騙されることもなかった。だが、だからといって上林を自業自得だと言い切れるだろうか。幸せになりたい、豊かになりたいと願うこと自体は罪なのだろうか。その気持ちに付け入り、大金を巻き上げる者こそが、裁かれるべきではないか。

じき、二人の制服警官が駆けつけた。代表して上林が説明し、仲間内のケンカということで場を収めた。

「すみませんね、大事にしちゃって」

警察官たちが引き上げると、上林はロンとマッに帰るよう言った。だがマッは断固、去ろうとしなかった。

「この状況で一人にしておけないですよ。今日は泊まります」

上林も強くは拒否しなかった。内心、心細かったのかもしれない。マッから「二人にしてほしい」と言われたこともあり、ロンは帰路についた。

日没後の尾上町通りを自転車で走る。いくつものヘッドライトが、すぐ横を流れていった。ロンはペダルを漕ぎながら、先ほど見た光景を反芻《はんすう》する。馬乗りになって慟哭《どうこく》するマッと、抵抗もせず呆然《ぼうぜん》とする上林。

恐れていたことが、起きてしまった。悔しさに奥歯を強く噛みしめる。このままでは、上林はまた自殺を図りかねない。詰まるところ、多額の借金という根源的な課題が解決しない限り、死の誘惑を振り切ることはできないように思えた。

——何か、策は。

思案していると、懐でスマホが震えた。凪からの着信である。自転車を止め、道端で電話に出た。凪は第一声で「来た」と言った。

「何が？」

問いかけるロンに、凪は上ずった声で応じる。

「さっき、キシから電話が来た」

昼下がり、「洋洋飯店」の店内は空いていた。

隅にあるテーブル席で、四人は顔を合わせている。テーブルの中央には凪のスマホが置かれていた。そこから録音した会話が流れている。昨夜、凪の番号にかかってきた電話だ。凪は機転を利かせ、アプリを使って会話を録音していた。

〈突然の電話で失礼します。山県《やまがた》あずささんで、お間違いないですよね？〉

男の声には、かすかだが独特のイントネーションが混ざっていた。サカキが「岩手っぽい訛り」と言った発音だ。マツは即座に「間違いない」とつぶやく。

〈そうですけど〉

〈私、競馬情報会社に所属しております、キシと申します。競馬を愛好されている皆さんに、耳寄りな情報がございまして。無料で情報を差し上げたいので、五分だけ、お時間よ

ろしいでしょうか〉

〈いいですけど。会社って、どこですか？〉

キシが社名を告げると、すぐさまヒナが持参したノートパソコンを叩いた。

「国税庁のサイトで検索したけど、それらしき企業は見当たらない」

架空の会社を騙っている時点で、信用ならない相手であることは確実だ。キシはさらに話を進める。

〈山県さん。芸能人が万馬券を当てたとかいうニュース、たまに聞きませんか。最近だと動画の配信者なんかでもありますけど〉

〈聞いたことはあります〉

〈あれね、実は裏があるんですよ。だって真っ向勝負にしては、万馬券を引く割合が高すぎると思いませんか？　失礼ですが、これまで山県さんは高額馬券に当たったことがありますか？　ないですよね？　それなのに有名な人ばかりが当てる。これはね、結果を操作しているからなんですよ〉

上林が騙された時と、よく似たロジックだった。マツは黙って耳を傾けているが、眉尻《まゆじり》がぴくぴくと痙攣《けいれん》している。声を聞くだけで怒りが湧いてくるらしい。

〈そう言われても、信用できないですよ〉

凪が困惑したふりをすると、すかさずキシが答える。

〈でしたら証拠をお見せします。ご自身の目で見たものなら、信用できますよね？〉

〈それは、まあ〉

キシは三日後に開催される、川崎競馬場の最終レースを指定した。

〈当日、メールでオンライン中継のアドレスをお送りします。そこからレースをご覧ください。私が言った通りの着順になりますから〉

〈今、教えてくれないんですか？〉

〈申し訳ございません。事前に教えることはできません。情報が漏洩すると、出資者に迷惑をかけてしまうので。レース開始の直前に、電話でお伝えします〉

通話は二十分ほどで終わった。

再生が終了すると、凪は「緊張したんだから」と大仰に息を吐いた。

「録音聞いてるだけで思い出す。ライブよりしんどかったよ」

「ありがとう」

マツが短く礼を言う。その表情は固いままだった。

「……で、どうする？」

ヒナの問いかけに、マツは「決まってるだろ」と応じた。

「キシをとっ捕まえる。その日、その時刻に川崎競馬場にいるのは間違いないんだ」

「でも、何百人、何千人も観客がいるんでしょ？」

「レース中に電話してるやつなんかほとんどいない。声もしゃべり方も完璧に把握できたし、注意深く探せばわかる。そうだろ」

マツは隣に座るロンを見た。腕を組んだロンは、三人の視線を浴びながら、ゆっくりと口を開く。

「俺は反対だ」

「……は？」

「ヒナが言う通り、大勢いる観客のなかから、俺たちだけでキシを探し出すのはあきらかに分が悪い。確実に捕まえたいなら、この情報を警察に提供して、組織的に捜査してもらったほうがいい」

マツの顔色が変わった。

「お前、本気で言ってんの？」

「俺はずっと本気だよ」

ロンの言葉に裏はなかった。さんざん考えた末の結論だった。マツは興奮が収まらないのか、次第に声高になっていく。

「こんなチャンス、二度とないんだぞ」

「二度とないチャンスだから、確実に捕まえるべきなんだよ。これで見つからなかったら、キシと接触できる機会はもう来ないかもしれない。だったら、警察の力を借りたほうが絶対にいい」

「警察が、俺らの希望通りに動いてくれるとでも思ってんのか？」

吐き捨てるような言い方だった。

ロンにしても、警察を底抜けに信用しているわけではない。しかしここにいる四人だけで、キシが確保できる見込みは低いと言わざるを得ない。他に手がないならともかく、欽ちゃんを通じて警察に頼れば、捜査に人を出してくれるかもしれない。

「ロン。お前、どうしちゃったんだよ。そんな薄情なやつじゃなかっただろ」

「勘違いするなって。薄情とかじゃない」

どれだけ話しても平行線だった。ヒナは不安げにやり取りを見守り、凪は眠っているかのように目を閉じて沈黙していた。店の隅で会話する二人の声はヒートアップしていく。

「そもそも、俺らが本当にやるべきなのは、キシを捕まえることなのか？」

ロンが放った一言に、マツは露骨に不快感を表した。

「……意味がわからない」

「キシを捕まえれば、カンさんは自殺を思いとどまるのか？　俺らの目的は復讐じゃなくて、カンさんの生活を立て直すことだろ？」

「じゃあ、やられっぱなしでいいのかよ」

「だからそこは警察に頼れって」

「ちょっと、いい？」

瞑目《めいもく》していた凪が、瞼を開けた。右手を軽く挙げている。

「私はロンに一票」

マツが「おい」と言うのを遮って、凪は続ける。

「ヒナちゃんの時もそうだったけどさ。私ら、大事なこと見失ってるんじゃないかな。復《ふく》讐《しゅう》したいってマツの気持ちはわかるし、キシが許せない悪人なのもわかる。でも、私らはもっとカンさんに寄り添うべきなんじゃない？」

「俺がカンさんに寄り添ってないって言いたいのか？」

「違うって。ただ、やり方は色々あるってこと」

不服そうなマツは、無言でヒナを見た。ヒナは肩をすくめて「ごめん」と言う。

「わたしも二人と同じ意見。さっき調べてみたんだけどね。川崎競馬場では一号スタンドと二号スタンドに観覧席がある。いちばん安い一号スタンドの二階屋外席が三百席以上、二号スタンドの一階と二階が合わせて約七百席。特別観覧席は一号と二号で合計六百席以上。他にボックス席や貴賓席もある」

「全部が埋まるわけじゃない」

「けど、ムリがあるのは変わらない。わたしは車いすだし、凪さんは電話してないといけない。マツとロンちゃんだけでこの人数をカバーできるとは思えない。顔がわかってるならまだしも……それに、席に座って観戦しているとも限らない。入場料だけ払って、通路とかで観《み》ている可能性だってあるよね」

「だから不可能だってことか？」

「今回は、警察を頼ったほうが合理的だよ」

ヒナの口ぶりは、穏やかだが力強かった。マツはバカにしたように「合理的、ね」とつぶやく。白けた横顔で、あさってのほうを見ていた。

「だったらいい。一人でやるから」

ロンが「やめろ」と呼びかけるが、マツは視線を合わせようともしない。

「俺はお前らみたいに頭よくないんだよ。でも、バカだからやれることもある。誰も手ぇ貸してくれないなら、自分でやるだけだ」

「落ち着け。先にカンさんの借金を……」

「もういいって」

マツは手のひらをテーブルに叩きつけた。ばん、と響いた音には、言いようのない無念さがこめられていた。

「帰ってくれ。ここ、俺んちだから」

そう告げると、マツは動かなくなった。テーブル上の一点をじっと見つめている。

沈黙のなか、最初に席を立ったのは凪だった。

「行こう。いったん一人にしたほうがいい」

ヒナもうなずく。それでもなお席を立とうとしないロンに、凪が「無駄だよ」と言う。

「ほっとこう。私らの言葉、届いてないもん」

仕方なく、ロンは立ち上がった。去り際、剣呑《けんのん》な目をした幼馴染みに語りかける。

「マツが納得しないなら、この情報は警察には持っていかない。お前が言い出したことだからな。最後はマツの判断に従うよ。ただ、気が変わったらすぐに連絡くれ。レースまでもう時間がない」

返答はなかった。彫像のように、マツは微動だにしない。

三人は未練を残しつつ「洋洋飯店」を後にした。このままスタジオに行くという凪と別れ、ロンはヒナを自宅まで送った。無言でハンドルを握り、車いすを押す。マンションに到着するまで、二人とも一言も話さなかった。

エントランスに入ったところで、ヒナがぽつりとこぼした。

「大丈夫かな、マツ」

大丈夫だろ、と安易には言えなかった。ロンは答えず、「じゃあ」と踵《きびす》を返す。自宅へ帰る足取りは、泥のなかを進むように重かった。

＊

最終レース前の観覧席は、まずまずの入りだった。

五月に入ってから急に気温が上がり、夜の冷えこみがやわらいだ。そのせいか、四月に比べて人出が多くなっている気がする。二号スタンド特別観覧席の通路を歩きながら、思わず舌打ちが出た。

――こんな日に限って。

三時過ぎから場内に入って様子をうかがっているが、それらしき男はまだ見つからない。道を尋ねるふりをして何人かの男に話しかけてみたが、キシの声ではなかった。だが、キシは確実にここにいるはずだ。レースの結果をリアルタイムで知るには、競馬場へ足を運ぶしかない。

あと数分で、最終レースの出走時刻である午後八時五十分になる。そろそろキシが凪の番号に電話をかける頃だ。

三日前ケンカ別れになってから、ロンたちとは連絡を取っていない。気まずかったのもあるけど、やっぱり三人の考えには同意できなかった。キシは最低の人間だ。絶対に捕まえないといけない。警察に任せて、なんて悠長なことは言ってられない。

ただ、ロンの言葉は耳の内側にこびりついていた。

――キシを捕まえれば、カンさんは自殺を思いとどまるのか？

正直、それはわからない。個人的な恨みに過ぎないと言われれば、そうかもしれない。でも、だからって野放しにはできない。第二、第三のカンさんが生まれる前に、キシには制裁を加えないといけない。

今のカンさんは、昔俺が憧れたカンさんじゃない。練炭自殺しようとしたあの日、気が付いた。見て見ぬふりをしていたけど、もう限界だった。キシはカンさんの人格を殺した。あいつがやったことは詐欺じゃなくて人殺しだ。せめて、キシを痛い目に遭わせないと気が済まない。

広大な川崎競馬場から、声しか知らない男を見つけ出すのがいかに難しいか、それはわかっている。でも成功する可能性はゼロじゃない。どんなに低い確率でも、賭けなければ勝つことはできない。

俺は神様に祈った。この先、ギャンブルと名のつくものにはすべて負けてもいい。でも今日だけは、この賭けだけは勝たせてくれ。

二号スタンド二階に移動し、席を探しているふりをして観覧席をじっくりと観察する。電話をかけている男はいない。複数人で来ている連中が、着順予想を楽しげに話していた。最終レースはダート、一五〇〇メートル。

——俺なら二番を軸にするな。

そんなことを考えながら、目と耳ではキシを探していた。

十四頭のサラブレッドが、スターティングゲートに並んだ。出走時刻は間近に迫っている。自然と駆け足になった。ここから二、三分が勝負だ。キシはすでに電話をかけているはずだった。大勢の観客からたった一人を見分けられるのは、今しかない。

二階には、電話をかけている男はいなかった。急いで一階に行く。だんだん、心臓の音がうるさくなっていく。スウェットの下に、じわりと汗が滲む。

——どこだ。

タバコの残り香が漂う通路を走りながら、目を皿にして観客たちを観察する。通路でぼうっと立ち見をしているやつや、席の間を立ち歩いている男も抜け目なくチェックする。

ファンファーレを聞きながら、俺はほとんど全力疾走していた。

ゲートが開き、一斉に馬が駆け出す。同時に、前列のほうにスマホを耳に当てている男を見つけた。

——いた。

急いで駆け寄り、客席に身体をねじこむ。男の前に立って右手で肩を押さえつけ、左手でスマホを取り上げた。呆気《あっけ》に取られている中年男に、「おい」と声をかける。

「お前、キシだな」

中年男はしばらくきょとんとしていたが、じき「何のこと?」と言う。

「誰だ、お前。ふざけんじゃねえよ。スマホ返せ」

発した声は、キシとは似ても似つかないものだった。冷水を浴びせられたように、身体の熱が引いていく。

「……すみません。人違いでした」

時間を浪費している場合ではない。相手はまだ怒っていたが、放置してその場を去る。

レースは中盤に差しかかっていた。先頭は十二番。それを三番、八番が追っている。観客たちの野次る声がうるさい。走りながら二階の観覧席を隈《くま》なく探したが、やはり電話している男はいなかった。

――時間がない。

次に行くべきは、一号スタンドの四階にある特別観覧席か、それとも二階の屋外席か。走りながら、俺は直感的に選んだ。

晴れた夜空の下、ゴール側の二階屋外席は盛況だった。レースはすでに終盤だった。後方にいた二番が急激に追い上げている。観客たちは身を乗り出し、あるいはふてくされたような表情でレースを見守っている。

「差せ、コラ!」「粘れ粘れ」「追わんか、おい!」

野太い野次を聞きながら、キシを探す。先頭でゴールしたのは、二番の馬だった。周囲で歓声と怒号が同時に上がる。

——馬券買っとけばよかった。

そんなことを思いながら、電話している観客を血眼《ちまなこ》で探す。レースが終わっても、キシはしばらく通話を続けているはずだ。騙されたふりをしている凪は、今頃パソコンで一、二分遅れた中継を見ているはずだった。少なくとも、パソコン上のレースが終わるまで——あと二分程度は電話を切らない。

最終レースが終わり、ぞろぞろと観客たちが帰っていく。人の波に抗いながら、俺は人が少なくなった観覧席を駆けまわる。主を失った黒とオレンジの座席は、どこか寂しかった。

「おい、どこだよ！　出てこい、キシ！」

気が付けば叫んでいた。

もし、ここで見つけられなければ。ロンたちの反対を押し切ってまで、競馬場に来た意味がなくなる。あいつらには、やっぱり警察に届け出るべきだった、と思われるだろう。わかってる。ロンやヒナのほうが、俺よりずっと利口だ。合理的に考えるなら、そうしたほうがよかった。

でも、俺にだって譲れない一線がある。たとえ愚かでも、意思を貫かなければいけない場面はある。それが、今だ。

走りっぱなしで、さすがに疲れた。オレンジの背もたれに手を置き、呼吸を整える。口のなかには鉄の味が広がっていた。捨てられた競馬新聞が、風になびいている。

「どこだよ……」

――もうダメか。

くじけかけた、その時だった。

「マツ！」

聞き馴染みのある声に振り返ると、肩で息をするロンがいた。驚きでとっさに声が出ない。てっきり、ここにいるのは俺一人だと思っていた。

「来てくれたのか？」

「そういうの、後でいいから！」

一喝され、背筋が伸びた。

「特別観覧席には、それらしきやつはいなかった。まだ見てない場所はあるか？」

早口でロンが言う。二号スタンドはほぼ見たはずだ。だが、一号スタンドにはまだ確認できていない観覧席が残っている。二階屋外席は大きく二つに分かれていた。俺たちが立っているゴール側と、もう一つ――

「第一コーナー側！」

叫ぶと同時に、俺は走り出していた。すぐ後ろをロンがついてくる。もう、レースが終わってから数分が経っていた。通話を切っていてもおかしくない。

「凪には、できるだけ通話を引き延ばすよう頼んである」

横に並びながら、ロンが言う。

「どれくらい延ばせる？」

「知るかよ。十分か、そのくらいじゃないか」

怠け者のロンが、青白い顔で息を切らして走っている。こんな姿を見るのはいつ以来だろう。例の爆弾テロ騒動以来か。こいつと並んで走っていると、何とかなりそうな気がしてくるから不思議だ。

「なあ、ロン」

「なんだよ」

「ありがとうな」

「だから、そういうのは後にしろって」

第一コーナー側の観覧席には、まばらに観客が残っているだけだった。見通しのいい観覧席の真ん中あたりに、一人の男がいた。耳にスマートフォンをあて、にこやかに何かを話している。

眼鏡をかけた三十代くらいの男だった。ジャケットにチノパンという、一見してまともな社会人風の格好だ。素早く接近し、漏れてくる言葉に耳を傾ける。

「……ですから、地方競馬とはいえ結果をコントロールするにはそれなりの額が必要になるんですよ。三連単を当てれば簡単にペイできますから、全然安いと思いますけどねぇ。山県さんがお受けしないのであれば、この話は他の方に持っていきますよぉ」

男の声には独特のイントネーションがあった。

──間違いない。

この男が、キシだ。

確信した瞬間、頭が真っ白になった。

無意識のうちに、ジャケットの胸倉をつかんで立たせていた。顔を引き寄せると、男はスマホを取り落とした。かん、と音がする。

「え、なに、なんですか?」

「キシだな」

相手の目が、あからさまに泳いだ。全身の血液が高速で巡る。

「お前は人殺しだ」

「はあ?」

「上林寛之。覚えてるだろ。お前が六百万、騙し取った相手だ」

沈黙の後、へへっ、とキシが強がるように笑った。

「何言ってんの、あんた。いっさい身に覚えが……」

もう限界だった。

我慢できない。こいつは自分の罪を悔いるどころか、どこまでもシラを切ろうとしている。そんな人間に、生きている価値などない。

「死ね」

背後に回りこみ、がら空きの首を右腕で絞める。流れるように、左腕をクロスして相手の後頭部を前方に押しこむ。

首を絞める手段には大きく二つある。一つは、頸動脈《けいどうみゃく》を圧迫して失神させる方法。もう一つは、気道を圧迫して窒息させる方法。危険なのは後者だ。プロレスでは、気道の圧迫は危険度が高く反則になる。

そして俺は今、まさにキシの気道を絞め上げていた。柔術でいうところのリア・ネイキッド・チョーク。いわゆる裸絞め。

キシの表情は見えないが、苦しんでいることはわかった。俺の右腕を必死に掻きむしっている。だが、その程度でがっちり入ったチョークが解けるはずがない。口笛を吹いていられるくらい余裕だ。

俺はキシの耳元に顔を近づけ、もう一度、ささやいた。

「死ね」

相手はさらに激しく、足をじたばたさせた。感じていたのは、味わったことのない心地よさだった。やっとだ。やっと、悪人に制裁を加えることができる。正しいのは俺だ。このために、強くなったんだ。

右腕に液体が垂れた。キシの口から流れた唾液《だえき》だった。やつは懸命に俺の腕を叩いている。そんなことをしても無駄なのに。

——もうすぐだ、カンさん。

うっとりしながら、腕に力をこめようとした寸前。

「マッ！」

誰かが俺につかみかかってきた。ロンだ。スウェットをつかんで、でたらめに振り回している。

「やめろ！　本当に死ぬぞ！」

「いいんだよ」

「いいわけないだろ！」

ロンは俺の腕を引きはがそうとした。動かないと見るや、躊躇なく俺の股間《こかん》に蹴りを入れてきた。鍛えようのない場所に、スニーカーのつま先が食いこむ。痛みが全身を駆け抜け、思わず力を緩めた。赤黒い顔をしたキシがしゃがみこみ、猛烈に咳《せ》きこむ。

「痛っ……」

思わずしゃがみこむ。だが股間の痛みはじきに引いた。立ち上がると、ロンはキシとの間に割って入り、俺を正面から見据えていた。

「マツ。本気で殺すつもりだったのか？」

「死んでいいんだよ、こいつは」

瞬間、ロンが俺の胸倉をつかんだ。

「お前、そんなことのために柔術やってきたのか？　人殺しがしたかったのか？　違うだろ。強くなるためだろうが！　強いってのがどういうことか、カンさんに教わらなかったのか？」

叫びながら、ロンは泣いていた。

目から溢《あふ》れた涙が、すっと頬を伝っている。こいつが泣くのを見たのは初めてかもしれない。保育園児の頃から、ろくに泣きもしないやつだった。すぐにかんしゃくを爆発させる俺とは違って。感情の起伏が少なくて、面倒くさがりで、そのくせ妙に頭が切れる幼馴染み。そのロンが、目の前で恥ずかしげもなく泣いている。

キシは腰が抜けたのか、立ち上がれないようだった。怯《おび》えた目で俺を見ている。俺はロンの手をそっと外し、キシに一歩近づいた。やつは悲鳴を上げて後ずさった。

ようやく、俺は自分がしたことの意味を理解しはじめていた。ずっと前、カンさんが言っていた台詞を思い出す。

――強いってのは、相手を痛めつけることじゃない。どんな状況でも心に余裕を持つことだ。

当時は甘いと思ったけれど、今ならわかる。どんなに肉体的に強くとも、我を失ってしまえば簡単に人の道を外れる。本当の強さは、他人を制圧することじゃなかった。罪の誘惑から遠ざかり、まっとうな人間でいようとすること。それこそが、強い、ということだった。

今になって悪寒が走る。ロンがいなければ、きっと俺は行くところまで行っていた。カンさんの教えに背こうとしていた。重罪人になる寸前だった。

立ち尽くしている俺たちのもとに、警備員らしき男たちが集まってきた。

「あんたら、知り合い？　派手に騒いでると警察呼ぶよ」

顔を上げたロンが「はい」と答えた。

「警察、呼んでください」

警備員たちが揃ってぽかんとした顔をする。

「……なんて？」

「警察を呼んでください。お願いします」

もちろん、俺にはその意図がわかっている。詐欺師を警察に引き渡すためだ。キシは逃げる気力もなくしたのか、地べたで放心していた。危うくこんなやつのために、一生を棒に振るところだった。

ロンは座席に腰を下ろして警察を待っている。さっき流していた涙はとっくに乾いていた。俺はその隣に腰かける。

「ありがとう」

ロンは鼻を鳴らす。今度はもう、後にしろ、とは言われなかった。

「カンさんにも感謝しろよ」

「え？」

「昨日、電話来たんだよ。『俺のことはいいから、マツオのそばにいてやってくれ』って。言われなくても来るつもりだったけど」

――なんだよ。

涙腺が緩み、とっさに顔を伏せた。視界が滲んでいく。

風が屋外観覧席を吹き抜けていった。足元では、外れ馬券が虚《むな》しく踊っている。

＊

「来てくれるのはいいけど」

ヒナはどこか不機嫌そうだった。

平日朝。車いすはヒナの自宅マンションから、石川町駅へと向かっている。ハンドルを握っているのはロンだ。その横を、マツが歩いていた。

「なんでロンちゃんだけじゃなくて、マツまでいるの？」

振り向いたヒナににらまれ、マツが渋面をつくる。

「こいつが来いって言うから」

指さす先にいたのは、ロンだった。ロンは平然と「そのほうがいいだろ」と言う。

「なんでそうなるの」

「マツにも通学ルートを覚えてもらったほうがいい。それなら、俺が都合つかない日でもマツが付き添えるだろ。だから今日だけ、三人で行くことにした」

ヒナはむくれつつ、「一理あるけど」と応じる。

話しているうち、駅に到着した。上りのホームへ向かうエレベーターには行列ができている。高齢者やベビーカーを押した乗客が並んでいた。ロンとマツは、先に階段でホームへ行くことにする。

ヒナが上がってくるのを待つ間、ロンがぼそりと言う。

「何とかなりそうでよかったな、カンさん」

マツは黙ってうなずいた。

つい先日、ロンは上林に弁護士を紹介した。多額の借金を負った上林を救うには、法的な手段に頼るしかないと判断したためだ。大月弁護士に仲介を依頼すると、二つ返事で受けてくれた。

――そういう人らのために弁護士はおるからね。任意整理とか自己破産とか、やりようは色々あるから。

上林は他人に相談することに引け目を感じているのか、当初は渋っていた。だがロンとマツが二人がかりで説得し、足を運ぶことを決心してくれた。

「ただ、大変なのはこれからだろ。もう何か所から借りてるのか、本人もよく覚えてないって言ってたぞ」

マツの言葉にロンは「まあな」と応じる。

「それでも、前には向かってる」

少なくとも、上林が八方ふさがりの状況から脱しつつあるのは間違いなかった。「キシはどうなるんだろうな」とマツが言う。

「起訴は間違いなしだってよ」

ロンは先日、欽ちゃんからそう聞いていた。

警察の取り調べを受けたキシは逮捕され、家宅捜索で競馬詐欺の証拠が多数見つかった。わかっているだけでも、同じ手口で総額約三千万円を騙し取ってきたらしい。欽ちゃんの話では、取り調べの最中にこう漏らしていたという。

――ギャンブルなんて本気でやるやつ、バカしかいないですよ。

やがて、エレベーターに乗ったヒナがやって来た。電車を待ち、上りの京浜東北線に乗りこむ。朝の車内は混雑していた。

「三人で移動してると、中学の頃思い出すよ」

ヒナがぽつりと言った。

中学校まで、三人は同じ学校に通っていた。時間を合わせて一緒に登校することも、たまにあった。高校でヒナだけが別の学校になり、そういうこともなくなった。ロンとマツも高校生になると、各々の友達と遊ぶことが増えた。

「不思議だよなあ」

マツがしみじみと言う。

「この歳《とし》になって、また中学生みたいにつるんでるんだから」

「二人がまともに働いてないからでしょ」

「そう言われると、ぐうの音も出ない」

ヒナとマツが談笑する姿を見ながら、ロンは思う。

上林は、人生を賭けた勝負に負けたと言った。本人の実感として、それは事実なのだろう。だが、命をベットしたわけじゃない。どんなに惨めでも、先行きが見えなくても、生きることだけは奪われていない。だったら、全力であがくしかないじゃないか。

上林は徐々に、だが確実に前進している。自分の失敗を認めて、それでも折れずにいること。それも一つの強さだ。

横浜駅で電車を降り、バス乗り場へ向かう。朝の横浜駅構内は、石川町よりさらに混雑していた。ロンは通行人をかわしながら、ヒナの乗る車いすを押す。

「ねえ、マツ」

ヒナが横を歩くマツに話しかけた。

「これからも、柔術家兼ギャンブラーとして生きていくつもり？」

「たぶんな」

マツはすぐさま答えた。だが、数歩進んだところで「ただし」と続けた。

「他に人生を賭けるものが見つかったら、別だけどな」

そう言いつつ、横目でロンを見る。

――お前も同じだろ？

マツの視線はそう語っていた。

ロンは車いすを押しながら、十年後の三人を想像しようとする。だが、三十代前半の姿はなかなか思い浮かばない。同じようにつるんでいる気もするし、それぞれの道を歩んでいる気もする。じきにロンは諦めた。

――なんでもいいか。

どれほど頭を使っても、未来は見通せない。結果の決まっているギャンブルがないように。

「ロンちゃん？」

はっと我に返る。いつの間にか、足が止まっていた。

「ごめん。ちょっと考えごとしてた」

「立ち止まって考えるほど、人生長くないぞ」

マツはそう言って、先に歩きだした。

「おい、待て」

ロンはハンドルを握る手に力をこめ、幼馴染みの背中を追いかける。その背中は、いつもより少し頼もしく見えた。

3．ブルーボーイの憂鬱

少年との間には、濃密な沈黙が漂っている。

——なんなんだよ。

疲弊した面持ちで、ロンは少年を見やる。彼は十分前と変わらない無表情で窓の外を眺めていた。つられて同じ方向に顔を向けるが、見えるのは何の変哲もない住宅街だった。かれこれ一時間ほど、少年はまともに口を利いていない。

彼の身なりは人目を引くものだった。ブルーのTシャツに、ブルーのジーンズ、ブルーのスニーカー。靴下や、左手首に巻いている腕時計のバンドすら青であった。ここまで徹底していると、髪色を青に染めていないのが逆に不思議に思えてくる。

二人が向かい合っているのは、本厚木《ほんあつぎ》駅からほど近いカフェだった。ロンの地元である石川町駅からJRと相鉄《そうてつ》、小田急《おだきゅう》を乗り継ぎ、一時間ほどかけてここまで足を運んだ。この少年と面会するためだけに。なのに。

——なんで一言も話さないんだよ。

苛立《いらだ》ちを堪《こら》えつつ、ロンは何度目かの問いかけを投げた。

「家では何やってんの？」

少年はあさってのほうを見つめたまま「いや」と答え、それきり黙りこんだ。顔を合わせてから一時間、ずっとこの調子である。

——何が「いや」なんだよ。

悪態を呑《の》みこみ、ロンは三杯目の紅茶を口に運ぶ。間を埋めるために、ひたすら飲み物を口に運んでいた。カフェ代は後で依頼者に払ってもらえる手はずになっているから、お金の心配はない。ただ、虚《むな》しさがあるのはたしかだった。

ロンは嘆息する。思っていたより、厄介なことを引き受けてしまった。

窓の外で小鳥が飛び立った。少年——久間《くま》蒼太《そうた》は、「お」と声を上げた。


きっかけは、ピロ吉《きち》からの相談だった。

ピロ吉は、有名アイドルグループである花《はな》ノ園《その》女子学園——通称「ハナジョ」の古参ファンである。昨年、とある事件でロンはピロ吉と知り合った。

六月のある日、ピロ吉から「小柳先生にご相談がありまして」と電話があった。ハナジョのファンの間では、〈先生〉と呼び合う習慣がある。事件の成り行き上、ロンもピロ吉からはハナジョのファンの端くれとみなされていた。

込み入った話だからと、ピロ吉は「洋洋飯店」まで足を運んでくれた。ロンが「相談って？」と切り出すと、ピロ吉の眼鏡のレンズが光った。

「聞きましたよ。小柳先生、なんでも数々の事件を解決してきたらしいじゃないですか。〈山下町の名探偵〉と呼ばれているとか」

「……よく知ってますね、ピロ吉さん」

「ピロ吉〈先生〉で」

そう釘を刺してから、ピロ吉はロンの素性を知った経緯について説明した。

「実は、私は予備校の数学講師をしているんですけれども」

「本当に〈先生〉だったんですね」

五十歳前後と見えるピロ吉は、頭髪がほとんど白く染まっていた。落ち着いた風貌《ふうぼう》といい、丁寧な物腰といい、彼が教壇に立っている姿は容易に想像できる。ピロ吉は「それはともかく」と咳《せき》ばらいをした。

「私の勤務先というのが、本厚木にある受験予備校でして。自分で言うのもはばかられますが、二十年ほど特進クラスを受け持っております。要は、難関大学を志望する学生に教えているわけですね」

「へえ。すごい」

「うちの予備校では特進クラスの担当が看板講師になりますから、それなりに指導能力はあるものと自負しています。また、私は同時に生徒のチューターも務めております。要は進路の相談役です。ですから、普段から多くの高校生と日常的に接しているわけです。小柳先生の噂《うわさ》も生徒から聞きました。中華街には数々のトラブルを解決してきた〈山下町の名探偵〉がいて、小柳龍一という名前らしい、と」

——涼花かな。

ロンはぼんやりと想像した。涼花が同じ高校の生徒に話したことで広まったのかもしれない。あるいは、これまでに関《かか》わった事案の関係者か。横浜駅西口にたむろする若者にも、ロンの噂はいくらか知られている。

「で、相談ってなんですか」

「一人、気になる生徒がいるんです」

そこで急に、ピロ吉の歯切れが悪くなる。

「こういう言い方はよくないんですが、ちょっと特殊な生徒でして」

「というと?」

「個人的にはあまり使いたくない言葉なんですが……いわゆる〈ギフテッド〉なんです」

聞き覚えのある言葉だったが、今一つ意味が思い出せない。ロンの困惑を感じ取ったのか、ピロ吉が説明を加えた。

「あくまで私なりの説明ですが、〈ギフテッド〉というのは、先天的にきわめて高い知能を有する人、あるいは能力そのものを指す言葉です。神様からの贈り物、つまりはギフトを受け取った、という意味ですね。定義は人によっても違いますが、おおむねそのように理解していただければ」

「ＩＱが高いとかってことですか？」

「それも目安の一つです」

ピロ吉は話を続ける。

「私の教え子に、久間蒼太という小学五年生がいます。蒼太くんは非常に高い知能の持ち主で、一年前に調べたところ、ＩＱは１５２という結果が出ました。滅多にいないレベルの高ＩＱですね」

「待ってください。小学五年生？」

さっきの話によれば、ピロ吉は高校生を相手に数学を教えているはずだ。小学五年生の教え子がいるというのは、辻褄《つじつま》が合わない。ピロ吉が「彼は例外です」と言った。

「蒼太くんは数学の天才で、一年前からうちの予備校に通っています。当時すでに、中学レベルの数学でも彼には簡単すぎました。そこで高校レベル、それも難関大学を目指すクラスで勉強がしたいと、親御さんが相談に来られたんです。当校としても前例のないことでしたが、若い才能を伸ばすのが私たちの役目だと考え、特例として受け入れることになりました」

そこでピロ吉はため息を吐《つ》いた。

「しかし一年が経《た》ち、もはや私の授業ですら蒼太くんには退屈になってしまったようなのです。彼はテキストを使って自力で学習を進めてしまうので、私はたまに彼の質問に答える程度です。その質問の頻度も、どんどん下がっています」

「本当に天才なんですね」

「そう表現するのが、最も適切なんでしょうね」

これといったトラブルはないように聞こえるが、依然ピロ吉の口調は暗い。

「何か問題でも？」

「授業を受ける態度が、ちょっと」

ようやく話題が核心に迫ってきた。

「蒼太くんは本当に優秀です。ただそれがゆえなんでしょう、授業が退屈であることを隠そうとしないんですね。途中で勝手に早退することもありますし、他の生徒が質問すると、私より先に答えようとするんです。これでは私のメンツが丸つぶれですよ。しかもこの三週間ほど、一度も授業に出席していない。すべて無断欠席ですよ。私の授業に飽きたとしか考えられません」

つまり、蒼太は特進クラスの問題児になりかかっているということらしい。ピロ吉は再度、咳ばらいをした。

「そこで小柳先生に相談なんですが。蒼太くんに、対人コミュニケーションを経験させてもらえないでしょうか」

「……はい？」

話が急に飛躍した。

「対人コミュニケーション？　俺《おれ》が？」

「残念ながら、受験予備校では人間性の涵養《かんよう》はできません。教えられるのは受験教科だけで、一般的なマナーや、基本的なコミュニケーションは予備校の外で身につけるしかないものです」

「それはわかりますけど、なんで俺？　小学校行ってるんでしょ？」

「学校には友人がいないそうです」

ピロ吉の声が寂しげな気配を帯びる。

「高すぎる知能ゆえに、同級生と話が合わない。これはギフテッドと呼ばれる子どもたちにはよくあることだそうです。蒼太くんも学校には友人がいないと公言しています。小学生にとって友人がいないということは、対人コミュニケーションを学ぶ機会が失われている、というのと同義です」

「え、待ってください。つまり……俺に、その子の友達になれ、と？」

「小柳先生」

ピロ吉は一段と声に力をこめる。

「大事件を解決してきた小柳先生にとって、一人の少年が抱えた対人トラブルなど、取るに足らないことかもしれません」

「そんなこと思ってませんって。ただ、そういうのは守備範囲外というか……」

「お恥ずかしい話ですが、もはや蒼太くんは私の手に余るのです。かといって、あの才能を見過ごすわけにはいかない。彼の知能はこの国の宝と言っても、過言ではないのです。私も、私の上司も、なんとか蒼太くんには社交性を身につけてもらって、社会の役に立ってほしいんです」

熱弁するピロ吉に、ロンは「はあ」と気のない返事をする。

「社会の役に立つって、そんなに大事ですかね？」

「もちろんです。彼の才能は、埋もれるにはあまりに惜しい。しかし私にはもう、小柳先生のほかに頼れる人がいないんです。職場以外には知り合いもいないし、ハナジョのファン活動も初期からずっと一人でやってきました。どうか小柳先生、蒼太くんの友達になって、彼のコミュニケーション能力を鍛えてやってくれませんか」

なんとなく釈然としないのは、たしかだった。友達とは、他人に懇願されてつくるようなものなのだろうか。

ただ、久間蒼太という人間に興味を引かれたのも事実だった。ＩＱ１５２の天才少年など、ロンは人生で一度もお目にかかったことがない。どんな思考回路の持ち主なのか、純粋に好奇心を刺激された。

「とにかく、会うだけ会ってみましょうか」

ロンが応じると、ピロ吉は「ありがとうございます」と深々と頭を下げた。

「些少《さしょう》ですが、お茶代や食事代程度は出します。どうか、蒼太くんをよろしくお願いします」

ピロ吉は再び低頭する。その真剣な態度からは、純然たる善意を感じた。彼の仕事はあくまで予備校講師なのだから、本来ここまで面倒を見る必要はないはずだ。それにもかかわらずロンに頭を下げているのは、どうにか蒼太の才能を生かしたい、と願っているからに違いない。ロンと同じように、ピロ吉にも、隣人たちの役に立ちたいという思いがあるのだろう。

「あ、遅れましたが念のため名刺を」

ピロ吉が差し出した名刺には、予備校の名前と〈広吉一郎《ひろよしいちろう》〉という氏名が記されていた。ピロ吉という二つ名は、名字の〈広吉〉をもじったものらしい。ロンは名刺を見ながらつぶやく。

「……本当に、俺でいいんですかね」

「大丈夫ですよ。小柳先生には対面する人を引き付ける魅力がある。誰《だれ》が相手だろうと、その力は変わらないはずです」

真剣だったピロ吉の表情が、わずかにやわらいだ。

翌週の日曜。本厚木のカフェに現れた蒼太は、全身ブルーのコーディネートだった。店に入ってから口にしたのは、目が合った時の「小柳さんですか?」という問いかけと、注文する時の「オレンジジュース」の二言だけだった。そこから先、ロンの質問にはまともな答えが返ってこない。

「趣味とかある?」

「数学ってどこが面白い?」

「ずっとこの辺住んでるの?」

何を尋ねても、返ってくるのは「いや」とか「どうだろ」といった要領を得ない答えだけだった。まったく会話にならない。ロンは気まずさをかき消すため、また紅茶を飲む。腹のなかが水分で一杯だった。

——全然、大丈夫じゃないじゃん。

ロンは心中で愚痴を吐く。

これでは社交性以前の問題だ。やはり、自分がこの少年の対話相手になれるとは思えなかった。それでもダメ元で質問を重ねる。

「ゲームやる？　チップってプレイヤー、知ってる？」

一瞬だが、無表情だった蒼太の目が見開かれた。「知ってるけど」と言う蒼太に、ロンは密《ひそ》かに拳《こぶし》を握る。ようやく、興味を示す話題が見つかった。興奮したロンは身を乗り出す。

「俺さ、チップと知り合いなんだよ」

佐藤智夫《さとうともお》ことチップは、涼花の恋人だった。高校を卒業して、現在はプロゲーマーとして活動している。ＦＰＳ（ファーストパーソン・シューティング）の天才で、その界隈では「神」ともてはやされている有名プレイヤーである。

ようやく会話の糸口が見つかった。ほっとしたのもつかの間、蒼太は小馬鹿にするように鼻を鳴らした。

「有名人と知り合いなのを自慢するって、ダサいよ」

その一言に、ぐさりと胸を刺される。それでも返答らしい返答が得られたことに、少しだけ安堵《あんど》した。ロンを横目に、蒼太は窓の外を眺めたまま語る。

「広吉先生から何言われたのか知らないけど、余計なことしなくていいから。どうせ、友達になってやってくれとか言われたんでしょ？　お節介もいいところだよね。頼んでもないのに、友達になってやるって言われたら誰だって嫌でしょ」

いったん話し出すと、蒼太は饒舌《じょうぜつ》だった。小学五年生とは思えない大人びた話しぶりだ。

外見と語り口にかみ合わない印象を受ける。少し話しただけでも、彼の早熟さが伝わってきた。

「前にも同じようなこと、何度かあったんだよね」

蒼太が青いジーンズに包まれた足を組んだ。

「僕の友達になりたいとか、世間を教えてやるとか言って近づいてくる人たちがいた。でもみんな、僕という人間には興味がないんだよね。興味があるのは僕のＩＱだけ。そういう人たちは、ちょっと無視したらすぐに挫《くじ》けていなくなった。でも小柳さんは頑張ってるから、少しだけ相手してもいいよ」

「そりゃどうも」

「ハッカーって言葉の意味、知ってる？」

唐突な話題の転換ぶりに面食らいつつ、ロンは聞きかじりの知識を総動員する。

「ネットで悪いことやってるやつ、みたいな意味？」

蒼太は「違う」と言下に否定する。

「ハッカーっていうのは、コンピュータやネットに関して高度な技術、知識を持っている人間の総称。転じて、ネットワークセキュリティに詳しい人を指すようになった。良いとか悪いとか、そういう意味合いはそもそもこめられていない。ただ、ネット社会が広まる初期の段階で、悪事に手を染めるハッカーが悪目立ちしちゃった。そのせいでハッカーイコール悪人って印象がついただけ。ここまではついてこれてる？」

ロンはぽかんと口を開けて、話を聞いていた。藪《やぶ》から棒に、何を言い出すのか。

「不正行為のために技術を使う人間は、ブラックハットハッカーとか、クラッカーと呼ばれる。逆に、不正をただす側の技術者はホワイトハットハッカー。いわゆる正義のハッカーだね」

ロンの頭のなかに、白と黒の帽子が浮かぶ。ハッカーたちの界隈では、そういう通称があるようだ。

「……いきなり、何の話してるんだ？」

「小柳さん」

蒼太が身を乗り出した。

「僕は、どっち側のハッカーだと思う？」

眉《まゆ》をひそめたロンは、考えこむ。展開についていけない。

「待て、待て。蒼太はハッカーなのか？」

「いきなり呼び捨てとはなれなれしいね。別にいいけど」

「えーと、なんだっけ。ブラックハットとホワイトハットか。そのどちらかなんだな？」

蒼太は答えず、にやりと笑った。

ロンは頭のなかで、蒼太に関する情報を整理する。この少年はギフテッドと呼ばれる高い知能を持った子どもで、数学の天才。しかし対人コミュニケーションにトラブルの種を抱えている。そのうえ、ハッカー。

——要素が多すぎる。

どこから触れるべきか思案したロンは、ひとまず思いついたことを尋ねた。

「そのハッカーには、いつなったんだ？」

「そうだなあ。最初にギットハブにリポジトリ作ったのは、小学二年生の時だったと思う。ソースコードはその前から書いてたけど。ネットで知り合った人たちと一緒にゲーム作って公開したりしてね」

SNSすらまともにやっていないロンには、さっぱりついていけない。正直に「まったく意味がわからない」と応じる。

「わからないなら、適当に聞き流してくれればいいよ。本格的にコードを触りはじめたのは五、六年前だと思う」

六年前といえば、蒼太はまだ五歳だ。プログラミングには疎いが、異様に早熟であることくらいはロンにもわかる。

「そんなに早くから、パソコン触ってたのか？」

「うちの親もエンジニアなんだよ。数学は昔から得意で、もしかしたら情報技術も向いてるんじゃないかってことで、五歳の誕生日にお古のラップトップを譲ってもらった。親が教えてくれたから、基本的なコードの書き方はすぐに覚えられたよ」

ロンは自分が五歳だった時のことを思い出す。パソコンの操作どころか、箸《はし》の使い方すらおぼつかなかった気がする。蒼太の知能が高いのはもちろんだが、その適性を見極めた彼の親も鋭い。

「普段はどんなことやってるんだ？」

「それ言ったら、さっきのクイズの答えになっちゃうじゃん」

蒼太は幼い顔に、嘲《あざけ》るような笑みを浮かべた。

「核心を突かずに、うまく当ててみせてよ」

「そう言われてもな」

何をどう訊《き》けばいいのか、ロンには見当もつかなかった。蒼太は沈黙するロンに「だよね」と言う。

「じゃあ、もしわかったら連絡してよ」

「帰るのか？」

「一緒にいてもしょうがないでしょ。もし正解できたら、友達になってもいいよ」

蒼太は席を立ち、躊躇《ちゅうちょ》なくカフェを出た。取り残されたロンは、何が起こっているのか理解することさえできなかった。

ディスプレイのなかのヒナは興味深そうに「へえ」と言った。

「面白そうな子じゃん。小五でハッカーなんて」

「俺には話が全然理解できない。ヒナなら話し相手になれるかもな」

ヒナは情報工学の研究室に進むことを目指している。ハッカーの蒼太とは話が合いそうだった。少なくとも、ロンよりは。

「その蒼太くんがブラックハットか、ホワイトハットか、当てればいいんだよね？」

「うん。けど、核心を突かずにうまく当ててみせろって」

「そうだなあ」

滑らかな眉間に皺《しわ》を寄せ、ヒナは考えこむ。

「普通に考えたら、ブラックハットなわけないよね。クラッキングは犯罪かそれに近い行為だから、自分が犯罪者です、って告白するようなものだもん」

「でも、普通の考え方が通じないかもしれない」

蒼太にどこまで常識が通用するのか、ロンとしても自信がない。ギフテッドとはいえ、相手は小学五年生だ。悪党への憧《あこが》れを持っていないとは言えない。自分が犯罪者だと匂《にお》わせて、悦に入っている可能性もある。

「そもそも、クラッキングってなんだ？」

「ざっくり言えば、コンピュータの不正利用」

「具体的には？」

素朴なロンの疑問に、ヒナは丁寧に答える。

「色々あるけど。たとえば、他人のＩＤやパスワードを盗んで、勝手にシステムに侵入するとか。カードや銀行口座の情報が流出したら、預金を使いこまれることだってある。パスワードの盗み方もたくさんあるよ。ウイルスを感染させたり、ＯＳの脆弱性《ぜいじゃくせい》を突いたりね」

「要は、不正に金を奪い取るのが目的なんだな」

「そうとも限らないけど、結局はそこに集約されることが多いかな。個人情報を盗んで、売り払ったりね。あと、最近は企業とか団体をターゲットにして、身代金を出させるような事件もある。基幹システムの一部をダウンさせたうえで、これ以上攻撃されたくなければ金を出せ、ってやったり」

聞けば聞くほど卑劣な手口である。

「そんなこと、小学五年生がやるか？」

「やらない……とは言えないよね。必ずしもお金目的とは限らないし。イタズラとか、退屈しのぎにやる人もいるみたいだから」

蒼太の薄い笑みを思い出す。あの少年なら、ただのイタズラだよ、とうそぶいてもおかしくない。

「そういえば、最近もそういう事件あったよね」

ヒナがディスプレイの向こう側でキーボードを叩《たた》き、ウェブ会議ツールで自分の画面を共有した。ロンの目の前に、大手新聞社のニュースサイトが表示される。見出しには相模《さがみ》原《はら》にある病院の名前と、〈ランサムウェア感染〉という文言が躍っていた。記事の日付は一か月前だ。

「ランサムは身代金って意味。つまりランサムウェアは、身代金を要求するためのソフトウェア、ってこと」

「まんまだな」

「そう。すごく単純に言うと、ランサムウェアは感染先のデータを勝手に暗号化して、閲覧できなくしてしまうソフト。犯人側は、データを復旧してほしければ金を払え、と要求するわけ。こういうのもクラッキングの一つではあるね。相模原の病院の場合は支払いを拒否したみたい。システムもついこの間復旧したらしいけど」

なんとなく、実態がつかめてきた。それにしても、組織を脅迫するとはずいぶん大掛かりな話だ。

「めっちゃ初歩的な質問なんだけど。暗号化されたら、どう困るんだ？」

「病院なら、診療ができなくなったりする。今は電子カルテで管理しているところが多いからね。手術や診察の予約管理システムも止まるかも。一般企業であっても、基幹システムに侵入されたら仕事なんかまともにできないだろうね。サーバーに保管してある資料が、全部閲覧できなくなるようなものだよ」

つまり、組織は活動停止に追いこまれるということだ。ロンにも被害の深刻さが理解できてきた。

「イタズラじゃ済まないだろ」

「まあね。だから、その子はブラックハットじゃないって信じたいけど」

物憂げな顔をしていたヒナだが、ふと、何か思いついたように正面を見た。カメラ越しにロンに語りかける。

「ごめん。その子、ロンちゃんになんて質問したんだっけ？」

「だから……」

――僕は、どっち側のハッカーだと思う？

たしかにそう訊いた。ヒナは「うーん」と考えこむ。

「いや。実はね……」

ヒナのもたらした情報は、まったく知らないものだった。ロンの耳に、ピロ吉や蒼太が語っていたことが蘇《よみがえ》る。

――彼の才能は、埋もれるにはあまりに惜しい。

――興味があるのは僕のＩＱだけ。

ピロ吉の行動は、あくまで善意からなのだろう。蒼太が才能に恵まれているのは間違いないし、それを社会のために役立ててほしいと願うのは不自然なことではない。だが、蒼太自身はどう考えているのだろう。

ロンはぽつりとつぶやく。

「ヒナの推測、いい線行ってる気がする」

「ただの思い付きだけどね」

「ありがとう。さっそく確認してみる」

ウェブ会議を終えたロンは、すぐに蒼太へ電話をかけた。しばらくコール音が鳴ってから、蒼太は出た。

「僕、電話って嫌いなんだよね」

開口一番、イラつく声が耳に流れてくる。

「電話っていきなり相手の時間を奪うでしょ。それって結構失礼だよね」

「じゃ、次からメールにする」

「それで？　何か用？」

鋭い声で問われ、つい緊張を覚える。まるで厳しい教師と話しているようだった。

「来週、またそっち行っていい？」

蒼太の重いため息が聞こえた。門前払いだけは勘弁してくれよ、とロンは内心で祈る。

約束の日曜、ロンは本厚木のファストフード店にいた。

ここは蒼太から指定された店だ。自動ドアの手前で待っていると、約束の午後一時ちょうどに蒼太が現れた。今日も服装は青一色である。ブルーのポロシャツに、ブルーのハーフパンツ、ブルーのデッキシューズ。

「その服、自分で選んでんの？」

店の前で、ロンは何気なく尋ねる。蒼太がむっとした。

「そうだよ。どこか変？」

「いや、カッコイイなと思って」

予想外の返事だったのか、蒼太は戸惑ったように口をつぐんだ。ロンは構わず話す。

「こだわりなんだろ。ブルーで統一するの。なんかいいじゃん、こだわりのあるファッションって。俺の友達に原色ばっかり着てるやついてさ、そいつもカッコイイよ。ラッパーやってるけど」

以前凪が着ていた、蛍光カラーのシャツを思い出した。

蒼太は褒《ほ》められなれていないのか、不機嫌そうに「なんだよ」と言って先に自動ドアを通った。ロンはブルーの後ろ姿についていく。

ロンと蒼太は、そろって夏限定のバーガーセットを頼んだ。蒼太は注文の時に小声で

「ピクルス抜きで」と言った。セットの載ったトレーを受け取り、二人で並んで窓際のカウンター席に座る。

「好きなのか、ハンバーガー」

「この世で一番うまいよ」

蒼太は席につくなり、包装紙を剝《は》いでピクルス抜きのバーガーにかぶりつく。黙って食事をしている姿は、年相応だった。ロンも大きく口を開けて、バーガーを頰張《ほおば》る。悪くない。パティを嚙《か》むと、濃い旨《うま》みが舌の上に広がった。

「今度中華街来いよ。もっとうまいもの食わしてやるから」

「気が向いたらね」

軽口を叩きながら、二人はコーラと一緒にバーガーを食べる。

「今日は、用事があって来たんでしょ？」

セットのポテトをかじりながら、蒼太が尋ねた。さすがに察しがいい。

「クイズの答えを言いに来た」

「僕がブラックハットか、ホワイトハットかってやつね。じゃ、答えをどうぞ」

ロンはコーラで口のなかのものを流してから、蒼太の目を見て言った。

「どちらでもない」

答えを聞いた蒼太は、真剣なまなざしへ変わった。

「……根拠は？」

「質問の仕方が不自然だ」

ロンは、前回のカフェでの会話を思い出しながら話す。

「あの時蒼太は、前置きもなくハッカーの話をはじめた。そしてこっちが戸惑っている間に、『どっち側のハッカーだと思う？』と訊いたよな。最初、俺はまんまとその策にはまった。蒼太がブラックハットかホワイトハット、つまりは善か悪のどちらかだと思いこんでいた。でもよく考えれば、この質問はいかにもミスリードを狙《ねら》っている」

「なんでそう言い切れるの？」

「ハッカーの種類は、他にもあるからだ」

教えてくれたのはヒナだ。

――ホワイトとブラック以外にも、あったような気がする……

独り言を口にしながら、その場で調べてくれた。

「グレーハットハッカー、って呼び名があるらしいな」

ロンはヒナから聞いたことをそっくりそのまま話す。

「すべてのハッカーが、白と黒で二分できるわけじゃない。当然、そこに当てはまらないやつも出てくる。悪事を働くわけじゃないけど、時に無許可でシステムに侵入することがある。発見したシステムの欠陥は悪用せず、エンジニアに周知したり、企業に知らせたりする……一見善人に見えるけど、無許可で侵入した事実は変わらない。そういう、どっちとも言い切れないのがグレーハットハッカーなんだろ？」

蒼太は、バーガーの最後のひと口を放《ほう》りこんだ。

「勉強したんだね」

「受け売りだ。それ以上詳しいことは知らない」

ロンはあっけなく白状する。

「だとしても、僕がグレーハットだって根拠には乏しいんじゃない？」

「蒼太の言動を見てればわかるよ」

ハッタリだったが、分の悪いハッタリだとは思わなかった。

「蒼太は、普通の人にはない才能に恵まれている。その才能は社会のために役立てるべきだ。いや、役立てないといけない。なぜなら才能を持った人間には、そうする責任があるからだ……みたいなこと、さんざん言われてきたんだろ？」

ポテトをかじっていた蒼太の手が、止まった。

「……数えきれないくらいには、言われてきたよ」

「だよな」

おそらく、蒼太がギフテッドだと知った大人たちの多くは、その才能を世のため人のために使うべきだと考えるだろう。なかにはピロ吉のように、特別な配慮をしてくれる大人もいる。特例として予備校で授業を受けることを認めたり、コミュニケーション力を身につけさせるために友達候補と引き合わせたり。

そこに悪意はない。ただ、蒼太自身が納得しているかどうかは別問題だ。

蒼太は、みずから望んで高い知能を手に入れたわけじゃない。彼がギフテッドであるという事実は、自分では左右しようのない性質だ。それにもかかわらず、「お前は特別だから人の役に立て」と言われ続けるのは、決して気分のいいことではない。反発したくなったとしても、不思議ではなかった。

「よく言われるんだよ。羨《うらや》ましい、自分もギフテッドになりたかったって。でも僕に言わせれば、そういう人のほうがずっと羨ましい」

コーラのストローを噛みながら、蒼太が言う。

「周りに迷惑をかけてるのは、申し訳ないと思う。でもさ、退屈なものは退屈なんだよ。小柳さんが小学生の授業受けさせられたらどう思う？　じっと最後まで聞いてられる自信、ある？　わかりきった答えを先生が長々と解説していたら、イライラしない？　僕が教えたほうが早い、って思うのは変なことかな？」

それはロンというより、自分自身に向けられた問いだった。

「こういうこと言うと、嫌味だとか言われるけど……僕だって、普通に生活したかったよ。みんなと同じペースで勉強して、同じレベルで会話して、遊びたかった。でも苦痛なんだよ、学校にいると。どうしても気を遣う。そのうち、みんなから見下してるって言われるようになって……でも自分に嘘《うそ》はつけないし」

繰り返し嚙んでいるせいで、ストローは平らにひしゃげていた。蒼太の悲しげな目は、街を歩く通行人に向けられている。

「ハッカーになったのは、ネットの世界が居心地よかったからか？」

「うん。誰も僕の素性を知らないし、年齢を聞いてこない」

ネットでは、生身の自分という記号から離れることができる。ヒナがSNS多重人格になったのと、経緯は似ていた。ロンはますます、蒼太がホワイトハットだと確信する。

「ホワイトハットは、社会の役に立つハッカーだ。蒼太がホワイトハットにならなかったのは、そのせいだろ。周りの大人たちの望み通り、正義のハッカーになることは蒼太のプライドが許さなかった。かといって、進んで法を犯すほど愚かじゃない。だから必然的に、グレーゾーンに身を置くことになった。違うか？」

蒼太は無言でコーラをすすっている。だが、嘲笑《ちょうしょう》するような笑みはない。その表情が答えだった。

「僕は誰かのためじゃなくて、自分のためにハッカーになった」

たっぷりと間を置いてから、ようやく口を開いた。

「だから僕の技術は、僕がいいと思ったことだけに使いたい。企業が困ろうが、政府がつぶれようが、正直知ったことじゃない。そんな考えの持ち主だから、ホワイトハットとはほど遠いよね」

「逆に言えば、自分がいいと思ったことには技術を使うんだろう？」

蒼太は「そうだよ」と認める。

「相模原にある病院のシステムが、ランサムウェアに感染したのは知ってる？」

ロンは首を縦に振る。ヒナから教えてもらった事件だ。

「あそこ、僕が生まれた病院なんだ」

蒼太の声に、かすかだが怒りが混ざりはじめる。

「たまたま産科では実害がなかったみたいだけど、もし出産に妨げが出てたら……そう考えると、他人事《ひとごと》だと思えなくて。予備校の授業中にスマホのニュースで知って、あわてて教室を飛び出した」

ピロ吉は、蒼太が勝手に早退することがあると言っていたが、その日のことを指していたのかもしれない。

「初動調査のメンバーに知り合いのハッカーがいたから、僕も手伝いたいって直訴して、なんとかメンバーに入れてもらった。その日から先週まで、ずーっとシステムの復旧をやってた。無償でね」

「その間、予備校は？」

「行ってる場合じゃないよ」

——そういうことか。

蒼太がピロ吉の授業を長期欠席していたのは、ハッカーとしての仕事に没頭していたせいだったのだ。

「ピロ……広吉先生の授業に飽きたからじゃないんだな?」

「違うよ。たまに説明がくどい時があるけど、いい先生だと思う。内容も高度だし、真剣に生徒と向き合ってくれるから」

ピロ吉が聞いたら泣いて感動しそうだ。

ロンはポテトを食べ終え、コーラを飲み干した。トレイの上にあった食べ物はきれいになくなった。

「じゃあ、約束は守ってもらおうか」

「約束?」ととぼける蒼太に、ロンは「友達だよ」と言う。

「クイズに正解したら、俺と友達になる約束だったよな」

「本気?」

「本気だから、わざわざ本厚木まで来たんだろ」

蒼太は腕を組み、口をとがらせた。やれやれ、といった風情で首を振る。

「次に連絡する時は、電話じゃなくてメールだからね」

「肝に銘じる」

トレイを手に立ち上がると、蒼太もそれに続いた。

並んで店を出ると、外は快晴だった。初夏の日差しに、二人そろって顔をしかめる。肩を並べて、駅へと歩き出した。

「知り合いはだいたい、俺のことロンって呼んでる。龍一の龍な」

「ロン……さん？」

ぎこちない呼び声に、ついロンはにやけてしまう。小学五年生らしい、舌足らずな言い方だった。蒼太とは駅前で別れることにした。

「今日は帰るわ」

「本当にクイズの答えだけ言いに来たんだ。片道一時間かけて」

「次はそっちが一時間かける番だ」

「なんで？」

「今度中華街に来いって言っただろ。うまいものいくらでも食わしてやるから、楽しみにしとけ。じゃあまたな、蒼太」

返事は待たなかった。ロンは片手を振って、背を向ける。

数歩進んで振り返ると、蒼太はまだそこにいた。小さく手を振る少年の顔には、初めて目にする、はにかみの混ざった笑みが浮かんでいた。

４．排除する者《エリミネーター》

目が覚めると、背中が汗でぐっしょり濡《ぬ》れていた。

いやな夢を見た。小学生の頃の夢だ。借金取りが激しくアパートのドアを叩《たた》く音。あたりかまわず、汚い言葉を吐き散らす声。

――クソが。

胸のうちで毒づき、勢いよく遮光カーテンを開ける。窓の外にはみなとみらいの街が広がっていた。けさは快晴だ。ビル群が眼下に見える。この部屋は地上三十八階。間取りは２ＬＤＫの約七十平米。家賃は月三十七万円。敷金礼金だけで、合計百万円以上かかった。部屋からの眺望は精神安定剤みたいなものだった。どんなに屈辱的な目に遭っても、タワマンからの景色が慰めてくれる。お前は勝ち組だ、お前は間違っていない、と励ましてくれる。

二十六歳でこんな部屋に住んでいるのは、日本全国を見渡しても数えるほどしかいないだろう。しかも俺《おれ》は親の力も借りず、一人でここまでやってきた。幼少期からたんまりと教育費をかけてもらった連中と一緒にしないでほしい。母一人子一人、ボロボロのワンルームからスタートしたんだ。そこらの甘えたやつらとはモノが違う。

父親が出て行った直後、専業主婦だった母はスーパーのパート勤務からはじめた。小学生だった俺は、部屋に一人きりでいることが多くなった。そんな状況で遊び相手になってくれたのが、父親の置いていったパソコンだった。俺はすぐプログラミングに夢中になった。おかげで、母親がいない寂しさはあまり感じなかった。けれど、借金取りが家に来た時の恐怖はいまだに忘れられない。

——まただ。

夢のせいか、再び昔のことを考えてしまった。イライラした気分でミネラルウォーターを飲み干す。

あれから十五年。俺の住む世界は変わった。俺は勝ち組になったんだ。だからこそ、やらなければならないことがある。

シャワーを浴びて、夏用の外出着に着替える。ウブロの腕時計は七時半を示していた。朝食は、通学途中のコンビニで買っていくことにしよう。大学の最寄駅、三ッ沢上町まではみなとみらいから電車で二十分ほどだ。本当は毎朝タクシーで通ってもいいのだが、周りの学生からすれば嫌味に過ぎるだろう。それなりに学生っぽいことを経験するのも悪くない。

外出前に、少しだけメールチェックをする。共同研究先のメンバーから連絡が来ていた。簡単な質問だったので、その場で返信を書いてしまう。その他に重要なメールはなさそうだった。

だが、最後の一通で視線が止まる。

〈【至急】DFP作成依頼の件〉

反射的に舌打ちが出る。仕方なく本文を読むと、例によって動画作成の命令だった。正直言って、わずらわしい。ほとんど時間の無駄だ。俺にはもっと他にやるべきことがある。金のない者も、地位のない者も、誰《だれ》もが平等に暮らせる社会をつくる。それが俺の使命だ。だが結局、俺は返信を書いていた。放置しておけば俺のやってきたことが暴露されるかもしれない。背に腹は代えられない。

〈一週間以内に納品します〉

そろそろ行かなければならない。スマホで天候を確認すると、今日は終日晴れ、最高気温は三十五度を超えるらしい。暑い一日になりそうだ。

――やっぱり、タクシーにするか。

考え直し、アプリでタクシーを呼んだ。金ならあるんだから、有効に使わなければもったいない。裕福な者ができるだけ使う。それが経済を活性化させる原則だ。

涼しい部屋でタクシーを待ちながら、スケジュールアプリで今日の予定を確認する。夜にインカレサークルの懇親会が入っていた。そう言えば、今日は新しいメンバーが入ると聞いていた。副代表に送ってもらった、新メンバーのプロフィールを確認する。

〈菊地妃奈子　理工学部一年〉

添付された写真に目を奪われる。切れ長の目に、通った鼻筋。少し冷たい印象も受けるが、ちょっと街では見ないくらいの美人だ。

「へえ」

ちょうど今、彼女はいない。半年前に別れてから、面倒でつくっていなかった。話してみてよさそうなら、付き合ってもいいかもしれない。

間もなくタクシーが到着する、と通知が来た。立ち上がり、愛用のスニーカーを履く。外廊下に出ると燃えるような日差しに襲われた。日陰を求めて、足早に歩きだした。

＊

「暑すぎる」

マツは手持ち扇風機の風を顔に当てながら、首からかけたタオルで汗を拭《ふ》いている。隣に座るロンもぐったりしていた。

八月の昼下がり。「洋洋飯店」の隅にあるテーブル席で、いつものように四人は顔を合わせていた。壁側にロンとマツ、その向かいに車いすのヒナと凪が座っている。四人が顔を合わせるのは五月以来だ。凪のアルバム制作が落ち着いたと聞いたロンが、久しぶりに声をかけて集まった。

凪は暑さに強いのか、回鍋肉《ホイコーロー》定食を食べながら「軟弱だね」と言う。マツとロンはいつもの唐揚げ定食だった。

「この店のエアコン、壊れてないか？」

ロンの問いかけに、マツは重々しくうなずく。

「古いからな。ガタが来てるかもしれない」

そこにやってきたマツの母が、どん、と麦茶の入ったピッチャーを置いた。

「文句言うなら、よそ行きな」

「すみません。お昼食べたら出ていくんで」

ヒナが律義に頭を下げると、マツの母はころっと表情を変えて笑いかけた。

「いや、ヒナちゃんはいいの。この二人は年中たむろしてるから、目ざわりなんだよ」

「目ざわりは言い過ぎじゃない？」

「最近は週に二回くらいしか来てないよ」

男たちの反論を、マツの母は鼻息で一蹴《いっしゅう》する。

「あんたらも、いつまでもフラフラしてないで真面目《まじめ》にやりな。ヒナちゃんを見習って」

うんうん、と凪がうなずく。ロンは肩をすくめて四人のグラスに麦茶をそそいだ。沈黙する男たちを横目で見ながら、凪は天津飯《てんしんはん》を食べているヒナに問いかける。

「大学生活はどう?」

「だいぶ慣れてきた。ロンちゃんたちのおかげで通学も慣れたし……って言っても、今は夏休みだけど」

大学は七月後半から夏休みに入っていた。毎日講義やレポートで忙しくしていたヒナは、長期休暇をのんびり過ごしているようだ。

「じゃあキャンパスには行ってないんだ?」

「そうだね。講義はないし、まだ一年だから研究室配属もされてないし。あ、でもこの間サークルに入ったんだ」

プログラミングのサークルに入ったという話は、数日前にロンも聞いていた。ヒナはもともと情報工学に興味があって理工学部に入ったものの、一年次の講義には実践形式のものがほぼなく、自学自習するしかなかった。そのため、思い切ってサークルに入会したという。凪は素直に驚いてみせた。

「すごいね。勇気ある」

ヒナは照れたように「そうかな」と応じる。

ヒナが〈サークルに入る〉ということは、大多数の大学生とは意味が違う。一昨年まで引きこもり生活を送っていた彼女にとって、サークルへ加入し、見知らぬ人々と出会うことは相当な勇気を必要としたはずだ。今夜はサークルの懇親会に出席するという。

「いつまでもロンちゃんたちに頼っていられないし。興味あることくらい、一人でできるようにならないと」

「じゃ、俺らもそろそろお役御免かな」

麦茶を一気飲みし、自分で二杯目を注《つ》ぎながらマツが言う。すかさずヒナが「なに、それ」と口をとがらせた。

「それじゃあ嫌々やってたみたいじゃん」

「いや、違うって。俺もやりたいことあって。その準備もあるから」

「なにそれ。気になる」

ヒナの問いかけに、マツは口の端を吊《つ》り上げて「秘密」と答えた。その話はロンも初耳だ。その後も三人で聞き出そうとしたが、マツは笑うだけで答えようとしなかった。

「カンさんの借金がもう少し落ち着いたら、また話すわ」

それだけ言って、マツは話題を打ち切った。

多額の借金を背負った上林だが、弁護士に相談した結果、自己破産することになった。裁判所を介する手続きは簡単には終わらないし、経済的信用を失うことにもなる。ただ、借金の返済は免除され、厳しい取り立ても止まる。

マツは法的な手続きにこそ関《かか》わっていないが、上林を励ますため、たびたび道場や居酒屋に連れ出しているという。そのおかげか、キシの逮捕以後、上林が自殺を試みることはなくなった。

「アルバムはいつ発売？」

ロンの質問に、蛍光オレンジのシャツを着た凪が「九月」と答える。

「また話題になりそうだな」

「そりゃそうだよ。そのためにやってるから」

さらりと凪が応じる。昨年の騒動を乗り越えてからというもの、凪の態度には以前にも増して自信がみなぎっている。過去への屈折した思いを振り切ったからかもしれないし、ジアンという恋人ができたからかもしれない。

ロンはまた、自分だけが置いて行かれた気分になる。そんな内心を知ってか知らずか、凪が「ロンはさあ」と呼びかける。

「最近、なんかないの？　変な相談事もちかけられたりとか」

「三か月くらいないな」

そう答えてから、「あ」と声が出る。凪が耳ざとく「なに？」と尋ねた。

「新しい友達ができた」

「友達？」

「小学五年生の友達」

それからロンは久間蒼太について話した。ハッカーとして活躍する少年の話を、三人とも興味深そうに聞いた。一通り話し終えると、凪がまとめるように「ともかく平和でよかったじゃん」と言った。

「ひっきりなしにトラブル持ちこまれるより、退屈なくらいがちょうどいいよ。〈山下町の名探偵〉がヒマなのは、平穏無事の証拠」

ロンは無言で唐揚げを咀嚼《そしやく》する。平和なのはいいが、退屈に感じているのも事実だった。勤勉だという自覚はさらさらない。ただ、誰かの役に立っている時だけは、生きる実感を得ることができた。

四人の食事がひと段落したところで、テーブル上のスマホが震動した。ロンのスマホだ。凪が「依頼だったりして」と茶化す。ディスプレイには〈大月薫弁護士〉と表示されていた。

「マジでそうかも」

受話ボタンをタップしながら、ロンは立ち上がる。

「もしもし」

「ああ、ロンくん？　実は内々で相談したいことがあるんやけど」

思わずロンは三人の顔を順に見た。表情だけで言いたいことは伝わったらしく、凪が

「やっぱり」と声に出さず唇を動かす。マツは「お疲れさん」と言い、ヒナは苦笑いを浮かべていた。


ミスティ法律事務所は、横浜駅東口からほど近い場所にある。その会議室で、ロンと大月弁護士は向き合っていた。他には誰もいない。

「最近、何かと大月さんと会いますね」

「気ぃ合うんちゃう？　興味あるなら、うちの事務所で働いてくれてもええよ」

関西弁で話す大月の言葉は、どこまで本気かわからない。

「ここの事務所って、高卒でも働けるんですか？」

「学歴なんか関係ないよ。本気でパラリーガルになる気あるなら、正式に相談して。吹けば飛ぶような弱小事務所やけどね」

軽口を叩きながらも、大月はノートパソコンのキーボードを軽やかに叩く。パソコンはプロジェクターと接続されており、スクリーンに資料が映写された。

「じゃ、そろそろ本題」

大月の声色が仕事モードに切り替わった。

「説明はじめる前に一応、確認。ここで聞いたことは、私の許可を得ない限りは他言しないこと。相手が幼馴染《おさななじ》みでもダメ」

「わかりました。俺も、受けるかどうかは話聞いてから決めますから」

「もちろん」

大月はエンターキーを叩いた。表示されたスライドには、〈大八《だいはち》リアルティ株式会社〉という企業の概要が記されている。社員数は約二百名。設立されたのは二十年前で、本社は横浜市内にあるという。

「ここ、私が顧問弁護士やってる会社ね。主な事業は不動産コンサルティング。土地建物の売買を仲介したりとか、不動産関係の開業支援とか、手広くやってるわ。派手さはないけど業績は堅調」

ロンはテーブルに肘《ひじ》をつき、話を聞く。自分とは縁遠そうな話だった。

「この大八ナントカが、なんなんですか？」

「大規模な詐欺被害に遭った」

――また詐欺かよ。

内心、ロンはうんざりした。マツが騙《だま》されかけた恋愛詐欺といい、上林の競馬詐欺といい、世の中には金を騙し取ろうとする輩《やから》が多すぎる。大月と知り合ったのも、地面師詐欺がきっかけだった。

スクリーン上のスライドが切り替わる。〈ディープフェイク技術を用いた詐欺スキーム〉と題された資料は、細かい文字やイラスト、矢印が入り乱れていた。ロンには、ぱっと見ただけでは理解できない。

「大まかな詐欺の流れは、ここに描《か》いてある通りなんやけど……」

「ちょ、ちょっと待って。俺には難しすぎますって」

「そっか。ほんなら、一から説明するわ」

大月は資料を変更した。〈ディープフェイクとは〉というスライドが映写される。

「ディープフェイク、って聞いたことある？」

「なくはない……くらいです」

「ほぼ知らん、ってことやね。言うてる私も専門外やけど。ここに書いてある通り、ディープラーニングという技術と、フェイク、つまりは偽物を組み合わせた言葉やね。ディープラーニングによってつくられた偽物の動画や画像が、ディープフェイクってことになる」

「この時点でお手上げなんですけど」

「まあ、落ち着いて聞いてよ。ド文系の私やって、一から勉強してるとこやから」

大月は、資料のイラストをカーソルで指し示した。写真に写っている一般人の顔が、アイドルの顔に差し替えられている奇妙なイラストだった。

「ディープラーニングっていうのは、人工知能――ＡＩを使った機械学習技術の一つなんやって。これを使えば、大量のデータのなかからある特徴だけをうまく抽出できる」

「ますますわからない」

「まあ、そういうＡＩ技術があると思っといて」

大月は早くも説明を諦《あきら》めた。彼女自身、技術に詳しいわけではないらしい。

「ディープフェイクの怖いところは、本物そっくりの画像や動画を作れるところ」

次のスライドに移ると、二枚の写真が映写された。左側の画像には見知らぬ日本人の男性、右側の画像には日本の首相が写っている。二枚の写真は服装や背景がまったく同じで、顔立ちだけが違う。

「なんですか、これ」

「左側が元の画像で、右側がディープフェイク。右側は、赤の他人の顔に首相の顔を貼《は》り付けた偽物ってこと」

ロンは「えっ？」と身を乗り出し、スクリーンを凝視する。単なる切り貼りなら継ぎ目がありそうなものだが、右側の画像にはどこにも不自然な点が見当たらない。

「本物みたいですね」

「そうやろ。こういう精巧な偽物を作れるんが、ディープフェイクの怖いところなんよ。もっと怖いものもある」

大月が次に見せたのは、動画だった。演壇に立った首相が弁舌をふるっている。

〈今日から即日、消費税をゼロパーセントにします。また、国民の皆様に一律で一億円を

配ります。そして……〉

首相が口にしているのは、およそ現実的とは言えない内容だった。話の流れから、ロンはこの動画の正体を察する。

「……もしかして」

「そう。これもディープフェイク」

たしかに、よく目を凝らせば動きがぎこちない箇所もある。しかしあらかじめ本物だと言われていれば、信じてしまうかもしれない。スピーカーから流れているのは、ニュースなどで聞いた記憶のある声だった。

「動きだけじゃなくて、声も実物っぽいんですけど」

「ある程度素材があれば、話し声も再現できるみたいね」

偽者の首相が、架空の演説を続けている。ロンの目にはホラーじみた光景に映った。

「怖っ」

「怖いやろ。ここでやっと振り出しに戻るんやけど、このディープフェイクが詐欺に悪用されたってこと」

大月の話をまとめると、こうなる。

被害に遭ったのは、大八リアルティのCFO（最高財務責任者）を務めるA氏である。ある日、A氏のもとに同社の社長を名乗る人物からメールが送られてきた。メールは、他社買収のため至急、一億七千万円を社外の口座に振りこむよう要請する内容だった。

不動産を取り扱う会社の特性上、億単位の金額が動くことはさほど珍しくない。それに、社長は普段からワンマンな経営が目立つ人物でもあった。だが、この時点でA氏はメールを偽物だろうと判断していた。いくらワンマンCEOでも、さすがに不審に過ぎる。念のためCFOは社長本人に確認の電話をかけたが、あいにく、社長は会議中で出られなかった。

そうこうしているうちに、A氏のもとに今度は動画が送られてきた。そこには社長自身が映っていた。A氏はそれをスマホで確認した。

〈急で悪い。だが、急ぎでうちの誠意を見せる必要がある。今、やっとの思いで口説き落としたところなんだ。相手の気が変わる前に、手付金代わりに一部だけでも振りこむ必要がある。申し訳ないけど、今すぐに頼む〉

スマホに映る社長の顔も声も、本物で間違いなかった。A氏は先のメールを本物の社長からの指示だと判断し、幹部の権限で一億七千万円を指定の口座に振りこんだ。

社長からA氏に折り返しの電話があったのは、その約三時間後だった。

「社長、買収の折衝は首尾よくいきましたか？」

「は？　何言ってんだ？」

その一言を聞いた瞬間、A氏の顔が青ざめた。自分が騙されたことを悟ったのだ。

大月は苦々しい顔で語る。

「調べた結果、その動画はディープフェイクやった。数年前に社長が社内向けに撮影した動画をベースにして作られたみたい。私も実物を見たけど、フェイクとわかってても見破るんは難しかった」

ロンは腕を組んでうなる。A氏は会社幹部だったのだから、社長との接点は多かったはずだ。そのA氏ですら見抜けなかったのだから、相当精巧にできているのだろう。

「Aさんはどうなったんですか？」

「休職中やけど、たぶん解任される。被害者なんやけどねえ。でも、あの社長の怒りっぷりからすると辞めるしかないやろね」

だとすると、犯人は大八リアルティに多額の損失を出しただけでなく、A氏の人生をも狂わせたことになる。

「地面師の時も思ったんですけど」

「なにか？」

「毎度、話のスケールがデカすぎないですか。一億とか二億とか」

「商材が商材やからね。だからこそ、狙《ねら》われやすい。社員も社外の人間には警戒してるけど、まさか身内が偽者やとは思わんよねえ。外には固いが、内には滅法弱い。日本型企業の典型例やね」

事件の概要は理解できた。ここまで聞いて、ロンはいやな予感を覚える。

「……まさかと思いますけど、その犯人探しをやれって話じゃないですよね」

「ロンくぅん」

大月がこちらを懐柔するような笑顔になる。予感は的中したらしい。

「会社はな、この事件を公表せえへんつもりやねん」

「なんで」

「そりゃあ、顧客の信頼を失うからね。一部始終がバレたら、セキュリティ体制を疑われる。契約を解除する顧客が出てくるかもしれん」

「だからって……」

大月は先手を打つように「私も言うたよ」と遮った。

「最初は警察にすら届出せんと処理しようとしてたんやから。そこを私が、せめて警察には連絡しなさい、と説得したんよ。後でバレたら余計に怒られますよ、ということでやっと納得してくれたんやから」

「警察に相談済みなら、それでいいじゃないですか」

「そんなに世の中甘くないって知ってるくせに。〈山下町の名探偵〉ならわかるやん」

みなまで言うな、とばかりに大月はひらひらと手を振る。

「大八リアルティは――というか社長は、血眼《ちまなこ》になって犯人探しをしてる。端《はな》から警察なんか当てにしてへんのよ。社員が言うには、社内に犯人がおるんちゃうかって、疑心暗鬼になってるみたい。肝心の経営にも身が入ってないし、このままやったら近いうちに倒産するんちゃうかって噂《うわさ》してるみたいやわ。あながち、ない話でもないと思う。ただでさえCFOが辞めさせられんのやから、会社の危機には違いない」

「俺が調査すれば、その混乱が収まるんですか？」

「その道のプロに依頼した、ということやったら社長も納得するやろ。経営が再び軌道に乗ってくれたら、顧問弁護士の私も安心できる。少なからず報酬もくれるやろうし、悪くない話やと思うけど」

「でも俺、今回ばかりは本当に専門外ですよ」

「そんなんわかってるよ」

けろっとした顔で大月は言う。

「ディープフェイクのデの字も知らんようなロンくんが、調査できるわけないやん」

「じゃあなんで？」

「前に、プログラミングに詳しい幼馴染みがおるって言ってなかった？」

ヒナのことだ。ロンは大月との会話を振り返る。言われてみれば、雑談混じりにヒナのことを話したかもしれない。

「いやいやいや、大学一年生だから。ムリですって」

「そうかあ。ほんなら、詳しい知り合いおらん？　顔広いやろ？」

大月は一向にめげない。

「そんな都合よく……」

一蹴しようとしたロンの脳裏を、ある人物の名がよぎる。最近知り合ったばかりの、グレーハットハッカー。善人でもないが悪人でもない。ただ、技術は間違いない。何せ、病院の基幹システム復旧に一役買ったほどの腕前だ。

「……いる」

全身ブルーの出で立ちを思い出しながら、ロンはつい、つぶやいていた。

本厚木のファストフード店で落ち合った蒼太は、話を聞くとすぐさま結論を出した。

「やらない」

――だよなあ。

ロンはポテトをつまみながら、蒼太を説得するための方法を思案した。

「そう言わずにさ、少しは考えてくれよ」

「前に言ったでしょ。僕は正義のハッカーじゃないよ。やってもいいと思ったことにだけ、スキルを使いたいの。その不動産会社が何億損失出そうが、知ったこっちゃない。だいたい、被害を公表しないのも気に食わない」

「公表しないのってそんなにダメか？　正直、あんまりわかってないんだけど」

「ダメ、ダメ。全然ダメ」

ピクルス抜きのバーガーを食べ終えた蒼太が、首を横に振る。

「サイバー犯罪の被害に遭ったら、できるだけ速やかに公表する。これは個人情報が流出したかどうかとは関係なく、原則なの。なぜなら、そうしないとサイバー犯罪の対策をしようっていう世論《よろん》が形成されないから」

ロンは「ヨロン」とオウム返しする。小学五年生の口からは、あまり聞く機会がない言葉だった。

「これだけサイバー犯罪の事例が報告されても、まだまだセキュリティ意識が低い人は多い。カフェでパソコン放置してる人とか、フリーのWi-Fiにつないで機密情報見ている人いるでしょ？　あれ全部、情報抜いてくれって言ってるようなものだから。情報セキュリティの観点からはゼロ点。ある意味、ロンさんはセキュリティに強いよね。ＳＮＳすらやってないんだから」

「それはよかった」

「とにかく、被害が公表されることは社会的な合意形成に大きなプラスの影響がある。話題になることはそれだけで価値があるんだよ。しかも、サイバー犯罪の手口は日々進歩している。常に最新の手口をアップデートする必要があるんだ。そのためには、被害に遭った組織から詳しい状況を報告してもらうしかない。隠していたら、同じやり口で第二、第三の被害者が生まれることになる。だから、被害を公表しないのはダメ。まったくセンスなし。以上」

おぼろげながら、ロンにも蒼太の論理は理解できた。

「じゃあ、公表させれば手助けしてくれるか？」

「それは最低限の条件であって、手を貸すかは別問題」

「報酬も弾んでくれるってよ」

「僕、お金で動く人間に見える？　やる意味があると思ったら、タダ働きでもやるよ。あ、ポテトもう一個食べていい？　あとアップルパイも」

蒼太に言われるがまま、ロンはカウンターで注文をする。

——生意気なやつめ。

内心で悪態を吐《つ》くが、蒼太の他に頼れる相手もいない。おそらくすんなり受けないだろうと読んだロンは、別の手段も講じていた。そろそろ電話がかかってくるはずだ。ポテトとアップルパイを受け取って席に戻ると、ちょうどスマホが震えた。蒼太に断ってから、その場で受話ボタンをタップする。

「おう、ヒナか」

「ロンちゃん？　そっちに蒼太くんもいるの？」

「そこにいる。悪いけど、ヒナからも説得してくれないか」

ヒナにはすでに、大八リアルティの件は相談済みだった。蒼太やヒナに話すことは、事前に大月の了解を取っている。ヒナはロンよりもはるかに理解が早かったが、案の定、彼女の腕前では太刀打ちできそうにないという。

ただ、ヒナなら蒼太を説得できるかもしれない、とロンは踏んでいた。基本的な用語しか知らないロンよりも、多少なりともハッキングの知識があるヒナのほうが、説得役としては好都合に思えた。

横で会話を漏れ聞いていた蒼太が「誰?」と問う。

「幼馴染み。俺よりずっとITに詳しい。少しでいいから、話してみてくれるか」

「誰に言われてもねえ」

蒼太は呆《あき》れたように目を細めた。

ロンは通話から、テレビ電話に切り替える。スマホにヒナの顔が映し出された。背景は自室だった。

「蒼太。幼馴染みのヒナだ」

スマホ画面を目の前にかざしてやると、途端に蒼太が息を呑《の》む気配があった。ポテトをつまんだ手が空中で固まり、ヒナから視線を離せなくなっている。両目は驚きで見開かれていた。画面のなかのヒナが首をかしげる。

「通信状況大丈夫？　蒼太くん、固まっちゃってるけど」

「……たぶん、大丈夫。リアルのほうも固まってるから」

蒼太は数秒してから、はっ、と我に返った。

「あっ、あの、久間蒼太です」

「菊地妃奈子です。はじめまして」

「えーと、その、菊地さんはフリーのエンジニアとかですか？　それか、会社員？」

「大学一年生。私は情報工学に興味があるくらいで、まだまだプログラミングは初歩的なことしか知らないから、蒼太くんの話にはついていけないかもしれないけど……」

「えっ、あっ、ごめんなさい。変なこと訊《き》いて。僕、一応ハッキングっていうか、情報セキュリティの分野ではそれなりにわかることあると思うんで。もしわからないことあったら、いつでも質問してください。本当にいつでもいいんで」

蒼太の頬《ほお》は赤らんでいた。さっきまでの生意気さは見事に消え去り、緊張で言葉を詰まらせている。

――こいつ……

ロンは横目で蒼太を見やる。いかに恋愛の機微に疎くとも、ここまでわかりやすければさすがに気付く。どう見ても、蒼太はヒナに一目ぼれしていた。

「事件のことは、ロンちゃんから聞いた？」

「ロン、ちゃん……？」

「そこにいるでしょ？」

蒼太と目が合ったロンは、自分の顔を指さした。蒼太から憎々しげににらまれる。

「菊地さんと仲良いんだ」

「だから、幼馴染みなんだって」

少年はスマホの画面に向き直り、「あの、妃奈子さんって呼んでもいいですか？」と言う。

「別にいいよ。ねえ、蒼太くん。ディープフェイクを使った詐欺事件のこと、聞いたよね？　大八リアルティって会社が被害に遭った」

「はい。ひどい事件ですね」

やる気のなさそうな態度から打って変わって、蒼太は真剣なまなざしをヒナにそそいでいる。その真剣さをさっき見せてくれよ、とロンは内心でつぶやく。

「蒼太くんはどう思った？　ディープフェイクを利用した詐欺は海外ではよく報告されているけど、国内でこういう手法の詐欺はちょっと珍しいと思うんだけど」

蒼太は「そうですね」ともっともらしく咳《せき》ばらいをする。

「日本企業は普通、多額の資産を動かすのに複雑な決裁システムを通過する必要があるので、その面倒くささが功を奏している面もあるんですが……今回は、ＣＦＯというトップに近い人がターゲットになってしまったせいで、コロリとやられてしまった印象です。ただし、トップに近い人間を狙うということは、相当に精巧なディープフェイク技術が求められます。何しろ動画越しとはいえ、日常的に会っている相手を騙すわけですから。実物を見ていないので何とも言えませんが、犯人側はかなり高い技術力を持っていると考えるべきでしょうね」

「私もそう思った。犯人を突き止めるには、どうしたらいいんだろう？」

「聞きかじりの情報だけなので、はっきりしたことは言えませんが……」

蒼太は明言を避けているようだったが、ヒナの視線に耐えかねたのか、「たとえば」と切り出した。

「比較的手軽にできることとして、素材となった動画の流出経緯を調べる手はあります」

「どういう意味？」

「ご存じの通り、ディープフェイクは素材がなければ作れません。今回の事件であれば、大八リアルティの社長が話している素材動画を手に入れて、初めてフェイク動画を作れるわけです。それも、音声入りのものでないといけない」

「そうだね。ロンちゃんいわく、素材動画は特定されてるらしいよ？」

「はい。元となった動画は社内向けに撮影されたものだと聞きました。そこから、素材動画が流出した経路は二つのパターンが考えられます」

蒼太は右手の人差し指と中指を立てた。

「その一、犯人あるいはその協力者が大八リアルティの社内にいて、動画を流出させた。その二、犯人は社外からのハッキングによって動画を入手した。その他の可能性も考えればキリがありませんが、主にその二つのルートが想定されます」

「つまり、まずは素材動画の操作履歴を確認してみろってこと?」

「その通りです。さすが菊地さん、理解が早い」

ロンが「どういうこと?」と会話に割りこむ。蒼太は顔をしかめつつ、答えてくれた。

「たぶん、素材動画のファイルには閲覧記録が残っているはず。不自然なタイミングで閲覧した人物がいれば、その人が犯人側とつながっているかもしれない」

ロンは「なるほど」と言ったが、完全に理解できている自信はない。ここで深く突っこんでも二人の会話を邪魔するだけだと察し、黙っていることにした。顔を近づけたせいか、画面に映るヒナの顔がアップになる。蒼太が唾《つば》を呑む音がした。

「CFOに送られたメールの送信者を特定するっていうのはどうかな?」

「やってみる価値はありますけど……もちろん、メールのヘッダー情報からIPアドレスを割り出して、プロバイダに開示請求をかける手もあります。ただ、その先も偽装されていたら煙《けむ》に巻かれるかもしれませんね。使い捨ての携帯電話番号を使っているかもしれないですし。大掛かりな詐欺ですから、犯人側が何一つ手を打っていない、というのは考えにくいです」

もはやロンには何のことやらさっぱりわからない。

その後もヒナと蒼太の会話は続いた。犯人を特定するにはどのような手があるか。熱のこもった二人のやり取りを見守りながら、後でヒナに教えてもらおう、とロンはぼんやり考えていた。

会話が落ち着いたところで、ヒナが「蒼太くん」と呼びかけた。

「疑っていたわけじゃないけど、ロンちゃんから聞いてた以上にすごいんだね。素直に尊敬する」

「ありがとうございます」

蒼太はへらへらと照れ笑いを浮かべた。

「あなたが正義のハッカーじゃないって話も聞いた。ただね、この事件は解決する価値が十分あると思う。最初に話した通り、前例がないくらい精巧なディープフェイクが使われているとしたら、犯人側の技術力も相当なものだと思う。ここでしっかり尻尾《しっぽ》を捕まえておかないと、もっと被害が広がるかもしれない」

「そうですけど、僕もヒマじゃないんで……」

「お願い、蒼太くん」

蒼太は腕を組み、天井を見上げ、目を閉じ、身体《からだ》をひねる。しばらく思い悩んでいたが、やがて諦めたように返事を絞り出した。

「……わかりました」

「やってくれる？　ありがとう！」

ヒナが声を弾ませる。当初の目論見《もくろみ》とは少々意味が違うが、ヒナに説得役を頼んだのは正解だったようだ。

テレビ電話を切ると、すぐに蒼太はぶっきらぼうな表情に戻る。はあ、とわざとらしくロンに向かってため息を吐く。

「大八リアルティには、絶対に被害を公表させてよね」

「約束する」

「あと、今度妃奈子さんと会わせて」

ロンの口元がつい、ほころぶ。その反応を見た蒼太は大声を出した。

「別に変な意味じゃないから！　オフラインで顔を合わせたほうが、議論がスムーズに進むこともあるから！　あくまで仕事の一環だから！」

「わかってるよ」

ポテトを一気に口へ押しこむ蒼太を見ながら、ロンは少しだけ考えを改めた。

──案外、こいつもかわいいところあるな。

被害の公表という前提条件はあるが、ともかく蒼太の協力を取り付けることに成功した。

だが、これはまだ準備に過ぎない。調査はここからだ。

*

インカレサークルの主な活動場所は、横浜駅からほど近いシェアオフィスだ。料金は毎度、創設者の俺が全額出している。サークルメンバーからはいつも滑稽なくらい感謝されるけれど、大した金額じゃない。タワマンの家賃と比べれば、はした金と言ってもいい。

午後五時、タクシーの車窓を流れる景色はまだ明るい。夏至に比べれば日没は早くなったが、それでも日は長い。

後部座席でスマホを操作し、今日の参加メンバーを確認する。俺をふくめて十五人。まずまずの人数だ。メンバーのなかに〈菊地妃奈子〉の名を見つけて、スワイプしていた指を止めた。

菊地妃奈子とは、懇親会で顔を合わせて以来だ。他の新人に比べて年上である彼女は、車いすに乗っていることもあり、多少敬遠されているようだった。だが、俺が話しかけると次第にメンバーが集まってきた。情報工学を志望しているとかで、俺の活動にもずいぶん興味を示していた。懇親会での会話を思い出す。

――へえ。高認なんだ？

――色々あって、高一で中退しちゃったんで。

――どれくらい受験勉強したの？

――だいたい、一年。

周りのメンバーは聞き流していたが、俺は内心驚いた。菊地妃奈子は今年、二十三歳だという。高一で中退した二十代の人間が、たった一年の勉強で大学に合格するのはちょっと普通じゃない。猛勉強だけではとても説明できそうになかった。

頭のいい女は嫌いじゃない。ますます、俺の恋人候補にふさわしい。

――頭いいんだね。

――暗記だけは昔から得意で。

――じゃあ、プログラミングもすぐに覚えちゃうかもね。

――全然です。木之本《きのもと》さんに比べたら。

そう言って俺を見る目には敬意が漂っていた。

チョロい。この手の女は、俺への印象がプラスの状態からはじまっている。こちらが少しその気を見せれば、あっさり食いついてくる。あまり手応《てごた》えがないのもつまらないが、彼女はどうだろうか。

目的地付近でタクシーを降り、徒歩でシェアオフィスに向かう。すでにほとんどの参加者がそろっていた。誰もが持参したパソコンに向かっている。

「おつかれ」

声をかけると、みんながぱっと顔を上げた。「おつかれさまです」という挨拶《あいさつ》が一斉に返ってくる。菊地妃奈子は端の席にいた。みんなに声をかけつつ、空いている隣の席に腰を下ろす。

「お疲れ。少しは慣れてきた？」

彼女は作業の手を止め振り返った。

「はい。木之本さんにもらった学習データ、すごく参考になりました」

「よかった。何かあったら、いつでも訊いてね」

菊地妃奈子は機械学習――そのなかでも特にディープラーニングを学んでいる。ＡＩを使った医療機器開発に興味があるらしく、このサークルを選んだのも、ディープラーニングの専門家である俺が代表を務めているから、というのが理由だった。

彼女の選択は正しい。プログラミングサークルはいくつかあるけれど、機械学習の熟達度ではうちが群を抜いている。専門家の俺が詳しいのは当たり前だが、他のメンバーもかなりの力量の持ち主だ。今すぐプロのエンジニアとして活動できるくらいの腕前を持ったやつも、数名いる。

このサークルでは、独自の生成ディープラーニングツールを開発している。実力者を集めただけあって、そこらのベンチャーには負けない精度のツールができつつある。目的は、イラストを描かせたり、作曲をさせたり、小説を書かせたりといった、クリエイティブな作業をＡＩにさせるため。

だが、それは表向きの目的に過ぎない。実際は、俺の〈真の目的〉に使用するためだ。

そもそもサークルを立ち上げたのも、労働力を集めるために過ぎない。凄腕《すごうで》のエンジニアであるサークルメンバーたちは、俺の実力や人柄に惹《ひ》かれて集まっている。もちろん報酬など払っていない。タダ働きだ。みんな、俺への無償奉仕をしているとはつゆ知らず、せっせとツール開発に勤《いそ》しんでいる。これから菊地妃奈子にも、その一員になってもらう。ついでに一、二年恋人になってくれれば十分だ。

新たにシェアオフィスに来たのは、副代表を務めている後輩だった。目が合うなり俺に近寄ってくる。

「木之本さん、知ってます？」

「なにが？」

「大八リアルティっていうコンサルが、ディープフェイクに騙されて一億円以上の損失出したらしいですよ」

背筋が凍りつく。動揺を押し隠し、かろうじて「いや」と答えた。

――なぜ、こいつがそれを？

大八リアルティは、被害を公表していなかったはずだ。知っているのは会社の関係者を除けば、俺だけのはず。なのになぜ？　副代表は俺の向かいで、呑気《のんき》に自分のパソコンを取り出しながら話している。

「一時間前にプレスリリースが出たんですよ。結構騒がれてて、俺もネットニュースで知りました。それにしても、えらいことですよね。日本でもディープフェイクで高額被害が出る時代になるなんて」

「……そうだな」

「警察も頑張って取り締まってほしいですよねえ」

副代表はイヤホンを耳にあてがい、作業に没頭しはじめた。深い意味がなかったことに安堵《あんど》する。

――公表したのか。

検索すると、当該のプレスリリースはすぐに見つかった。被害に遭った日付やおおまかな被害額、そこに至る経緯まで詳細に記している。今回は技術的な内容に踏みこんでいないが、もしかすると続報を出すつもりかもしれない。

何食わぬ風を装いつつ、内心で舌打ちをする。

ターゲットに大八リアルティを選んだ理由はいくつかあるが、「被害を隠蔽する可能性が高い」と踏んだのも理由の一つだった。事前に入手した社内資料を読む限り、顧客に不都合なことは社内でもみ消すことが常態化している。まして今回は、言わなければ外部の人間にはバレようがない事案だ。

たしかに情報セキュリティの分野では、サイバー被害の公表は原則である。とはいえ、この会社なら隠し通すと見ていたのだが……誰かが入れ知恵をしたか。

――まあいいや。

被害が公になったからといって、捜査が進展するわけではない。それとこれとは話が別だ。社内資料の取得も、動画の作成も、先方との連絡も、すべて足がつかないよう万全を期している。会社は警察に相談しているだろうが、俺にたどりつく術《すべ》はない。

それより、問題は次のターゲット選びだった。

　大八リアルティが事件を公表したせいで、同様の手口を使うのはリスクが高くなってしまった。少なくとも、大企業を相手にしても成功率は低いだろう。ある程度の現金がありつつ、情報セキュリティに疎い会社。これからの時代にふさわしくない、早々に滅ぶべき企業を選ばなければ。

誰もが平等に暮らせる社会を実現するには、まだまだ元手が不足している。なるべく早く、次の手を打たなければならない。

「あの、木之本さん」

その声に振り返ると、菊地妃奈子が俺を見ていた。眉《まゆ》をひそめ、申し訳なさそうな顔をしている。彼女は時おり自信のなさをかいま見せる。そういうところも、俺にとっては好都合なのだが。

「すみません、邪魔して。何か考え事してましたよね」

「大丈夫。どうかした？」

「勘違いだったらいいんですけど……ツールのバグを見つけたかもしれないんで、確認してもらえませんか」

ディープラーニングの初心者である彼女が、そう簡単にバグを見つけられるとは思えなかった。だが、万一ということもある。副代表に声をかけて二人でチェックすると、確かに、些細《ささい》だがプログラムのバグが見つかった。

「ありがとう。今見つけられて助かった」

「早めにリスクヘッジできて、よかったです」

さらりと応じた菊地妃奈子は、ディスプレイに向き直って作業を再開する。その横顔は作り物のように整っていた。占有欲がますます掻《か》き立てられる。

——焦るな、焦るな。

腹の底で自分に言い聞かせる。下手に急ぐと、仕損じることがある。相手を確実に落とすためには、外堀から埋めなければならない。急いで本丸を攻め落とそうとするのは、下策中の下策だ。決定打を放つのは、相手が俺と付き合うことしか考えられない、という状況まで追いこんでから。

ここからが、男としての腕の見せ所だ。

＊

頭上から降る熱線が、全身を焼いていた。

午前中とはいえ、八月の日差しは熱い。というか、もはや痛い。元町《もとまち》・中華街駅までの道のりを、ロンは大粒の汗を流しながら歩いていた。

「ロンちゃんも日傘、使う？」

車いすに乗っているヒナが、後ろを向いて、自分の持っている傘をロンに差しかけようとした。だがロンは「いいよ」と応じる。

「暑いほうが、夏って感じがしていい」

「日焼けしちゃうよ」

「したって誰も困らないだろ」

「わたしは、肌白めのほうが好きだけどな」

ヒナのつぶやきは届かなかったらしく、ロンは「なに？」と問い返す。

「なんでもない。それより、なんか久しぶりだね、こうして外に出るの」

「一か月ぶりか？」

大学が夏休みに入ってからというもの、ロンがヒナの外出に付き添うことはなくなった。通学の必要がなくなったこともあるが、ヒナ自身、一人で出歩くことに慣れはじめていた。横浜駅周辺に行く程度なら、不自由なくこなしている。

今日こうして二人で外出しているのは、プレゼントを買うためだった。渡す相手は、凪がMCを務めるグッド・ネイバーズだ。九月のアルバムリリースは、彼女たちにとって再出発の意味がこめられている。いわば記念碑的な作品になるはずだった。それを聞いたロン、ヒナ、マツの三人は、相談して記念品を贈ることにした。

「三人で決めたんだから、マツも来いよなぁ」

ロンがぼやくと、「忙しいんでしょ」とヒナが応じる。

マツは上林の一件があってからというもの、ヒマそうにしていることが減った。柔術もインストラクターの仕事も続けているようだが、どうもそれだけではないらしい。プレゼントの買い出しも、「悪いけど二人にまかせる」と言って来なかった。

「なんか怪しいよな。俺らに黙ってるなんて」

「放《ほう》っておこう。話したくなったら、きっと話すよ」

元町・中華街駅の構内に入ると、空気の温度がぐっと下がった。電車に乗りこみ、みなとみらい駅まで移動する。徒歩でも三十分ほどの距離だが、ここまで暑いと歩く気にならなかった。

みなとみらい駅で地上行きのエレベーターを待ちながら、ヒナがぽつりと言う。

「ここに来るの、何年ぶりだろ」

「最近来てないのか？」

「全然。家と大学の往復だったし、出かけるのも横浜駅くらいだし……たぶん、最後に来たの高一の時だと思う」

ということは、約七年ぶりだ。

「じゃあ、だいぶ変わってるかもな」

「だよねえ。あっ、臨港《りんこう》パーク行きたい。買い物終わったら後で行こう」

「……時間あったらな」

つれないロンの言葉に、ヒナはむっとする。

「なに、その言い方」

「昔あっただろ。〈京都駅で三時間〉事件」

ロンは、ヒナの買い物が毎回長引くことを知っている。子どもの頃《ころ》から、スーパーでお菓子一つ買うにも熟考する。服でも買いに行こうものなら、歩けなくなるまで連れ回される。

中学生の時にロンたちは修学旅行で京都に行った。ヒナと同じ班だった同級生によれば、ヒナは京都駅で延々三時間以上も迷った末、結局店頭の目立つ場所に置いてある定番品を買って帰ったのだという。以来、〈京都駅で三時間〉といえば、その時のことを指すようになった。

「……十年くらい前の話だよね」

そう言ったものの、ヒナも強くは反論しなかった。

二人は駅直結の商業施設、マークイズに足を踏み入れる。ここに来れば何か見つかるだろう、という目論見だった。

「やっぱり四人で使えるものがいいよね」

「なんか、遠征とかツアーの時に使えるやつがいいんじゃないか」

「おっ、ロンちゃんにしてはいいこと言う」

軽口を叩きながらエレベーターへ移動している最中だった。書店の横を通りかかった時、本棚を眺めていた男がふいに二人を見た。彼はヒナの顔を見て、おや、という顔をする。

ヒナのほうも「あっ」と口走った。

「木之本さんじゃないですか」

「菊地さん。こんなところで会うとは」

知り合いらしいとわかり、ハンドルを押していたロンは足を止めた。

「今日は買い物ですか？」

「日用品とか買いに。家が近くなんだよね」

「へえ。みなとみらいに住んでるんですか」

ロンはヒナの背後で所在なくたたずんでいた。木之本という男はロンやヒナより少し年上に見える。すらりとした長身の男で、白いサマーニットが似合っていた。会話の断片から、サークルの先輩らしいとわかる。

「菊地さんは、友達と?」

木之本の視線がロンに向けられた。

「幼馴染みなんです。私たち、どっちも家が山下町にあって」

「小柳龍一です」

ロンが会釈すると、木之本はにこやかに「よろしく」と応じた。

「木之本翔《しよう》といいます。菊地さんと同じ大学で、博士課程に在籍してます。あと、インカレサークルの代表をやってます」

「インカレ?」

「インターカレッジ。複数の大学の学生が所属してるってこと」

ヒナが横から説明を加えた。木之本は謙虚に微笑《ほほえ》む。

「大した規模じゃないけど、一応、プログラミングを勉強する有志の会って感じです。俺の専門がディープラーニングだから、そこに特化しているというのが特徴ですかね。いろんな大学から優秀な人が集まってますよ。もちろん、菊地さんも」

「私は、全然」

ヒナが照れ笑いを浮かべた。その反応に、なぜだかロンは少しだけ苛立《いらだ》ちを覚える。

――俺の前でそんな表情したことあったたっけ？

だが口に出すのも変な気がした。とりあえず、木之本には礼を言っておく。

「ヒナがお世話になってるってことですね。ありがとうございます」

ヒナ、と呼んだ時、木之本の顔が固くなったのに気付いた。ロンとヒナの顔を見比べた木之本は、苦笑を浮かべる。

「なんか、まるで彼氏ですね」

「彼氏じゃないですけど、家族みたいなもんなんで」

ロンの答えに、木之本の顔がまた固くなる。何か、機嫌を損ねることを言っただろうか。

ヒナは口を挟むこともなく、黙ってやり取りを見ている。

木之本はちらりと腕時計に視線を落とし、ヒナに「じゃあ」と手を上げた。

「またいつものシェアオフィスで」

「はい。お疲れさまです」

ロンにも会釈をして、颯爽《さっそう》と去っていく。その背中を見送りながら、ロンは「なあ」とヒナに呼びかける。

「あの人、ディープラーニングの専門家なの？」

「うん。博士課程の研究テーマが、ディープフェイクの検知システム開発なんだって」

「なら、蒼太じゃなくてあの人に頼んだほうがよかったかもな。例の件」

ヒナは「うーん」とうなる。

「どうだろ。情報セキュリティに関しては蒼太くんのほうが専門家だし、これでよかったんじゃない？」

「そっか」

「それより早く買い物行こう」

ヒナがエレベーターのある方角を指さした。言われるがまま、ロンはハンドルを押す。歩き出してからも、木之本のこわばった表情は脳裏にこびりついていた。

喫茶店のテーブルを挟んで、欽ちゃんは眠たげな目をこすっている。本当に睡眠不足なのかもしれない。

「怒らないで聞いてほしいんだけど」

ロンがそう切り出すと、欽ちゃんは剣呑《けんのん》な視線を向けた。

「場合によっては怒る」

「その歳《とし》で彼女いなくて、焦ったりしない？」

すかさず、欽ちゃんは目を細めてロンをにらむ。

「……怒るに決まってんだろ」

「そう言わないで。それだけ忙しいのに彼女もいないなんて、気の毒だなあと思って」

「お前に言われたくない。同類だろ」

欽ちゃんの言う通り、彼女がいないという意味ではロンも同じだった。

「この仕事、マジで出会いがないんだよ。同僚以外、被害者と被疑者くらいしか会う人間いないんだぞ。これで恋愛に発展するほうが問題あるだろ」

「ヒナがいるじゃん」

「だから……」

絶句した欽ちゃんは、鳥の巣のような頭を掻きむしる。あー、とうめいてから、意を決したように勢いよく顔を上げた。

「この際だからはっきり言うけど、もうとっくに諦めてるよ」

「嘘。そうなの？」

「だから、お前にだけは言われたくないんだって！」

なぜキレられているのかわからないまま、ロンは「まあ落ち着いて」と欽ちゃんをいなす。欽ちゃんがヒナに片思いしているのはもはや公然の秘密だが、諦めていたとは知らなかった。

「客観的に見れば、欽ちゃんって悪くない物件だと思うんだけどね」

他人事《ひとごと》のようにロンは言う。仕事は公務員で安定しているし、気が利くタイプじゃないけれど正直者だ。見た目だって、ハンサムではないけどなんとなくかわいい。愛想がないのは欠点かもしれないけれど。

「どうでもいいんだよ、それは。本題に入れって」

痺《しび》れを切らした欽ちゃんに叱《しか》られ、「はーい」とロンは答える。二人がいるのは、加賀町警察署近くにあるいつもの喫茶店だった。ロンの呼び出しに応じ、欽ちゃんが仕事を抜けて来てくれた。

「概要は、電話で話した通りなんだけど」

「ディープフェイクがどうとかって話だろ？」

大八リアルティが詐欺に遭った経緯は、事前に話していた。

「この事件、二課とか生活安全課の領域だろ。俺は捜査一課なんだって」

「冷たいこと言わないでよ」

お門違いの相談だということは、ロンも承知している。だが、頼れる警察官は欽ちゃんくらいしかいない。

大月弁護士が説得した甲斐《かい》あって、大八リアルティは被害の公表に踏み切った。だが公表したからと言って、犯人が名乗り出るはずもない。蒼太の調査も着手したばかりで、まだ成果らしき成果は出ていない。となると、気になるのは警察の捜査状況だ。神奈川県警はすでに相応の捜査を進めているはずであり、もしかすると犯人にたどり着く重大なヒントを得ているかもしれない。だが、正面切って状況を尋ねたところで警察が教えてくれるとは思えなかった。

正攻法が使えないなら、反則スレスレの技を使うしかない。

「ねえ。欽ちゃんの予想でいいんだけど、県警はどこまでつかんでると思う？」

「本気で訊いてるのか？　知るわけないだろ」

欽ちゃんの反応は取り付く島もない。

——まあ、普通はそう答えるよな。

ここまでは事前に考えていた通りの反応だ。だが、ロンには考えがあった。この事件には、欽ちゃんが必ず食いつく話題が潜んでいる。

「あのさ。俺が、何の目論見もなく欽ちゃんに声をかけると思う？」

「何が言いたい？」

「前に、似たような事件があったよね。横浜を舞台に、不動産関連企業をターゲットにした高額な詐欺事件」

欽ちゃんの顔色が変わった。目つきに鋭い光が宿り、身を乗り出す。ロンの言葉が何を指しているのか、反射的に理解しているようだ。

週刊誌やワイドショーで〈マザーズ・ランド〉事件と呼ばれた、地面師詐欺事件のことだ。女性だけで構成された詐欺師グループが、地主や仲介業者を装い、不動産会社から一億円以上を騙し取った事件である。指示役を務めていたのは南条不二子《なんじょうふじこ》。ロンの実の母だった。

ロンは言葉にいっそう熱をこめる。

「あの時、肝心の主犯は取り逃がした。どこかに潜伏した南条不二子が、また同じような詐欺に手を染めているかもしれない」

「このディープフェイク詐欺が、南条不二子の仕業だっていうのか?」

「可能性はある」

欽ちゃんから情報を引き出すためだけに言っているのではない。事実、その可能性はゼロではないとみている。幼いロンの前から姿を消して以後、南条不二子がどのような人生を歩んできたかは知るよしもない。ただ、まともな生活を送っていないことは確かだ。そうでなければ、地面師グループのリーダーになるはずがない。

だが、欽ちゃんの反応は芳しくなかった。

「あり得ないだろ」

そう言って、苦い顔でコーヒーをすする。

「なんでそう言い切れるの?」

「神奈川県警の管内であんな大事件起こして、また横浜の会社相手に詐欺を働くのか？　普通、別の地域に行くだろ。せめて県警の管轄外とか」

「俺は逆だと思う」

ロンは欽ちゃんから目を逸《そ》らさず、話し続ける。

「推測だけど、南条不二子にとっては、むしろ横浜で事件を起こすことに意味があるんじゃない？」

「は？」

「復讐《ふくしゅう》なんだよ、目的は」

欽ちゃんの視線が揺れた。

「考えてみてよ。ただ金を騙し取るだけなら、地面師詐欺なんて大掛かりなことやる必要ない。捕まるリスクも高いし、罪も重い。何億も騙し取るなんて、よっぽど強欲か、そうでなきゃ別の理由があるんだよ」

「……」

「〈マザーズ・ランド〉が取引の舞台に選んだのは、南条不二子と夫――俺のオヤジが、新しい店を出そうとしていた候補地周辺だった。土地勘があったっていうのもそうだろうけど、別のメッセージもこめられてるんじゃないか？　横浜という街への復讐だと、そうは思えないかな？」

話しているうちに気分が高ぶってきた。ロンは立ち上がり、唾を飛ばして熱弁する。

「たしかに、ディープフェイク詐欺の裏に南条不二子がいる見込みは低いかもしれない。でも、可能性が皆無じゃないなら調べてみる価値はあると思う。そう思わない？　欽ちゃんだって、中華街の子だろ？」

ふう、と欽ちゃんが息を吐いた。ひとまず座るよう、視線でロンに促す。着席したロンに、欽ちゃんは頭を掻きながら言う。

「ロンのその癖、昔からだよな」

「なに？」

「話してる時に、絶対相手から目を逸らさない」

そう言えば、これまでにも何度か同じことを言われた。相手の目を見て話す。それはもはや、ロンの本能と言ってもよかった。

「で、答えは？」

欽ちゃんはしばし、うなだれたまま一言も発しなかった。悩んでいるのはロンにもわかる。捜査一課の刑事が、サイバー犯罪に首を突っこむのはどう考えても不自然だ。だが、欽ちゃんは誰よりも南条不二子の逮捕に執着している。

やがて、欽ちゃんは上目遣いにロンを見た。

「やらないわけにいかないだろ」

その両目は、研がれた刃物のように光っていた。

「ただし、あまり大っぴらにはできない。俺もどこまで情報が取れるか確信はない。他部署だからな。けど、やれる限りのことはやる。そっちも何かあったら、すぐに教えろ」

ロンは「了解」と即答する。これで、警察の捜査情報も得られるようになった。後は犯人を追うだけだ。

――頼むぞ、蒼太。

肝心な場面で祈ることしかできない自分が、もどかしかった。

＊

ダイニングバーの店内はほどよいざわめきに満たされていた。高級すぎる店では警戒されるだろうから、それなりの店を選んだ。エントランスにはスロープが備えられているし、店側には彼女が車いすで来ることも伝えてあった。

菊地妃奈子の到着を待つ間、ギネスを飲みながらスマホでメールをチェックする。俺のアドレスにはひっきりなしにメールが届く。取引先、サークルのメンバー、共同研究先、研究室の後輩、などなど。メールは確認すると同時に、その場で返信を書くのがコツだ。後で返そう、などと思っていると、返信漏れが発生する。簡単でいいからその場で返したほうがいい。

メールを書いているうちに、また新着メールが来た。

〈DFP修正の件〉

——またか。

最近では、〈DFP〉の三文字を見るたびに気分が暗くなる。メールの内容を確認すると、先日納品した動画に不具合があるため、できるだけ早く修正してほしいというものだった。これは実質命令だ。

——後ろめたい商売してるくせに、クオリティ求めてるんじゃねえよ。

文句の一つも言いたいが、口にすることはできない。相手はまともな人種じゃない。反抗すれば、何をされるかわからない。向こうは俺の弱みを握っている。それこそ〈DFP〉の作成に関与していること自体、重大な秘密だった。バラされれば、社会的な信用を失うだけじゃない。刑事罰を食らうかもしれないのだ。

仕方なく了承の返信を書いていると、電話が来た。先ほどのメールの主だ。返事を待ちきれず、かけてきたらしい。店を出てから受話ボタンをタップする。

「もしもし」

「メール、見たか？」

酒焼けした男の声が耳に流れる。メールの文面とは違ってぞんざいな口ぶりだ。メールではできる限り一般企業を装ってほしい、と頼んだのは俺だった。DFPという隠語を使うよう頼んだのも俺だ。電子メールは記録が残るため、できるだけ一目でそれとわからないような文面にしたほうがいい。

「ちょうど返信書いてました」

「今回の、出来よくなかったな。あんなんじゃ萎《な》えるよ。ちゃんとやってくんないとさ。高い分け前払ってんだから」

——人工知能のことなんて、何一つわからないくせに。

胸のなかで毒づきながら、「すみません」と繰り返す。刺激すると何をしでかすかわからない。

「ほんで、できんの？　修正」

「明日中には再納品します」

そう約束して通話を切った。

妙な輩と縁ができてしまったことを、後悔する。だが彼のおかげでここまで稼がせてもらったのも事実だ。向こうが流通を担っているからこそ、作り手の俺も潤う。結局、同じ穴のムジナということなのだろう。

菊地妃奈子はまだ来ない。新たにメッセージが届いた。母親からだった。

〈職場で梨《なし》をもらいました。秋にはまだ早いけどおいしいです。分けてあげるから今度取

りにきて。〉

なんでもないメッセージに胸が痛む。母親が、俺の裏の仕事を知ったらどう思うだろう。母親への仕送りも、その仕事で稼いだ金から出している。俺が毎月使いきれないほどの額を送金するのは、母親への後ろめたさのせいだ。親孝行の皮をかぶった、親不孝者だということを自覚しているからだ。

梨なんて、いくらでも買ってやる。そう言いたいのを堪《こら》えて返信を送る。

〈わかった。今度行く。〉

メッセージを送った直後、エントランスのドアが開いた。車いすの菊地妃奈子が入店する。彼女はスタッフに連れられて、俺のテーブルにやってきた。化粧は薄めだが、むしろ目鼻立ちの美しさが際立っている。彼女は自分に似合うメイクを知っている。

「遅れてすみません。前の用事が長引いちゃって」

「全然。気にしないで」

「あの……副代表も遅刻ですか?」

「悪い。さっき別の用事入ったみたいで。当日キャンセルするのも悪いから、今日は二人でもいいかな?」

昔、副代表とつるんで女遊びをしていた頃から使っているやり口だ。複数人で飲むと言って呼び出し、会場で一対一に持ちこむ。お互いこの手はよく使っているから、後日あっちも話を合わせてくれるはずだ。

菊地妃奈子は「わかりました」とすんなり承知する。まったく疑問を持つそぶりがない。二十三にもなって男を疑うということを知らないのか。相当な箱入り娘かもしれない。

適当にフードを注文し、飲み物のメニューを渡す。彼女はウーロン茶を選んだ。

「お酒にしないの？」

「アルコール、弱くて」

ここでムリに勧めると警戒される。俺は笑顔で「そっか」と応じた。

育ちがよくて素直な女は、必ずしも攻めやすいとは限らない。自分の感性に正直だから、好意を持たない相手には徹底的に興味を示さない。まずは、こちらが興味を持っていることをさりげなく伝える。

「差し支えなければ、前の用事ってなんだったか教えてもらっていい？」

「ちょっと、ボランティアで調査に協力していることがあって」

「そうなんだ。別のサークル？」

「いや、地元の集まりで。人助けというか」

以前、彼女は山下町の実家に住んでいると言っていた。地元の集まり、という言葉が引っかかる。先日マークイズで会った幼馴染みの男を思い出した。

「その集まりって、この間会った小柳くんもいる？」

「なんでわかったんですか？」

「なんとなくね」

驚く菊地妃奈子の顔を見ていると、だんだん不快さが募ってきた。あの小柳という男は、彼女の幼馴染みらしい。だが、二人の間に漂っている妙な雰囲気は、限りなく恋人同士に近かった。小柳の存在は、彼女を落とすうえできっと障害になる。

――彼氏じゃないですけど、家族みたいなもんなんで。

小柳の言っていた台詞《せりふ》が蘇《よみがえ》る。よくそんなクサいことを、真顔で言えたものだ。思い出すだけで虫唾《むしず》が走った。

「この歳でも仲のいい幼馴染みがいるなんて、うらやましいよ」

「ただの幼馴染みというより……彼は恩人なんです」

ウーロン茶で口を湿らせながら、彼女は話を続ける。

「私、高校中退した後に四年くらい引きこもってたんです。歩けなくなったことも周りに黙って、ずっと自宅で過ごして。SNSと株価のチャートばっかり見つめて過ごしていました」

突然の告白だったが、大袈裟《おおげさ》な反応はせず黙って耳を傾ける。秘密を教えてくれるということは、少なからず俺に好意を持っているはずだ。

「昔、すごくつらいことがあって……そのせいで引きこもりになったんですけど、幼馴染みたちが前向きになるきっかけをくれて。こうして大学に通えるようになったのも、ロンちゃんたちのおかげなんです。だから、ただ仲がいいっていうより、私の人生を変えてくれた恩人です」

俺は笑顔でうなずいていたが、内心、吐きそうなほど気分が悪かった。

つらい経験について話しているはずなのに、菊地妃奈子の目は輝いている。トラウマに苦しんでいた自分と、そこから救い出してくれたヒーロー。彼女はつらい過去を乗り越え、輝かしい今を生きていた。

気持ちが悪い。自分の過去をぺらぺら話す菊地妃奈子も、恩人と呼ばれている小柳も、何もかも。

俺は、誰にも助けてもらえなかった。母親は俺を育ててくれたけれど、仕事に忙しくて構ってもらった記憶はない。トラブルは自分で解決するしかなかった。俺は一人で、家に来る借金取りの声に耐えた。下校中にチンピラに絡まれた時も、泣きながら沈黙するしかなかった。

学校でいじめられた時も、母親には相談できなかった。家に金がなかったせいで「貧民」というあだ名をつけられたことも、教科書を隠されて「貧乏だから買えなかったんだな」と嘲笑《ちょうしょう》されたことも、話せなかった。話せば、母親を責めることになってしまうから。

金さえあれば。裕福でさえあれば、あらゆる悩みは解決するのに。何度も何度もそう思い、金がないことを恨んだ。

俺は自分の腕一本でここまで稼げるようになった。一からコーディングを勉強し、技術を身につけてエンジニアになった。恩人なんていない。誰にも助けてもらわず、たった一人でここまでやってきたのだ。

地元の仲間？ 幼馴染み？ そんなものはいらない。人は誰だって一人で生きて、一人で死んでいく。最後に頼れるのは自分の実力だけ。俺には、菊地妃奈子の話がファンタジーか何かに聞こえた。

「木之本さん？」

彼女の声で我に返る。また過去のことを思い出してしまった。捨て去った記憶のはずなのに。

「ごめん、ぼーっとしてて。なに？」

「そろそろ、今日の会の趣旨を教えてもらえませんか？」

「ああ、それね」

相談がある、とは前もって伝えていた。俺はもったいぶるように、あえてゆっくりとギネスを口に運ぶ。

「実は、菊地さんにうちのサークルの幹部になってもらいたくて」

「え？」

わかりやすく、彼女が怪訝《けげん》な顔をする。

「幹部って……わたし、まだ入って何か月かしか経《た》ってないですよ。それに、もっと優秀な人がたくさんいるじゃないですか」

「菊地さんは十分、優秀だよ」

これはあながちお世辞ではない。彼女の呑みこみの早さと洞察力は、腕利きのエンジニアが集まるサークル内でも一、二を争う。今でこそ初心者の域を出ないが、一年もすれば主軸メンバーになるのはあきらかだった。

入会の挨拶で「特技はQRコードの暗記です」と言っていたのはメンバー全員が知っている。みんなは冗談だと思っていたが、あれはたぶん事実だ。おそらく彼女は特殊な記憶力を持っている。

「俺はもう博士課程の二年だ。あと一年半で卒業なんだよ。学生でなくなったら、さすがにサークルの代表ではいられない。誰かが後を継いで代表をやらなくちゃいけない」

「……それが、わたしってことですか？」

俺は返事の代わりに優しく笑いかける。

「引き継ぐ相手は、今後もしばらくはサークルに在籍してくれる人じゃないと困る。菊地さんなら、少なくとも卒業まであと三年半はあるだろ。実力や人柄を考えても、菊地さんに後を任せるのがいいと思うんだ」

「そんな……やっと慣れてきたくらいなのに」

戸惑う彼女を見ながら飲むギネスは、うまかった。

「心配しなくても、あと一年半ある。その間に色々と勉強してくれればいい。まずはそうだな、書記でもやってもらおうかな。大丈夫、仕事自体は大したことない。大事なのは、代表候補だってみんなに認識してもらうことだから」

「でも、本当にわたしでいいんですか？」

彼女はウーロン茶のグラスを両手で包み、おずおずと言った。

「自信がない？」

「はい。わたしなんかがサークルの代表候補なんて。だって、ついこの間まで引きこもりだったんですよ。それに車いすだし。みんなに迷惑かけるんじゃ……」

「完璧《かんぺき》にこなせる人なんて、いないよ」

長々と話すのを、無理やり遮った。

「俺だってみんなに助けてもらいながらやってる。それに、今すぐ代わってくれって言ってるんじゃない。どうしてもムリなら別の人に頼めばいい。ただ、俺は菊地さんが適任だと思っている。勉強熱心だし、素質もあるし、信頼できる。菊地さんに後を託せたら、思い残すことないよ」

――いろんな意味でね。

菊地妃奈子にサークルを継がせる最大の意図は、俺の操り人形になってもらうためだ。

俺の卒業後も、このサークルではＡＩツールの開発を続けてもらわなければならない。こんな都合のいい無償の労働力、あっさり手放せるわけがない。そのためには、次の代表は俺の言いなりになってくれる人物でないと困る。

サークルにいるのは優秀なやつばかりだが、癖のあるメンバーも多い。その点、菊地妃奈子は割合素直だ。そのうえ、自分に自信がない。こういう人間は他人の指示に服従しやすい。首尾よく男女の仲になることができれば、絶対に俺の言いなりになる、という確信があった。

だが彼女は、そんな俺の意図など知らない。どこまでも素直に、額面通りに俺の言葉を受け取っているようだ。

「木之本さん、サークルのこと本当に大事に考えてるんですね」

「自分が創設した団体だからね」

俺は愛嬌《あいきょう》がありつつ、ほんの少し寂しげな笑顔を浮かべる。この表情に効果があることは、これまでの経験で実証済みだ。昔付き合った彼女には、「ずるい笑顔」だと言われた。

夏の暑さのせいか、菊地妃奈子の頬がほんのりと上気していた。

夜はまだ長い。

*

ロンは恒例となっている本厚木のファストフード店で、ポテトを食べながら蒼太を待っていた。八月はあと数日で終わるが、暑さは一向に収まらない。

全身ブルーの少年が現れたのは、店内の混雑が一段落した午後二時半だった。蒼太はロンの顔を見ることなく、テーブルを挟んで向かいの席に座った。心なしか、前回会った時より疲れている。

「小学生のくせに寝不足か？」

「いつものバーガーセット、飲み物はコーラ。あと、アップルパイ」

蒼太はロンの言葉を無視して注文を口にする。持ってこい、という意味らしい。ロンは立ち上がり、「はいはい」と言われた品を買ってくる。もちろんバーガーはピクルス抜きだ。トレイを置いてやると、蒼太はもそもそと食べはじめた。

「今日は菊地さんいないの？」

「来る必要ないだろ」

そう答えると、蒼太はあからさまにがっかりした。

ロンは先日、約束した通りヒナを本厚木まで連れてきた。スマホ越しでは流暢《りゅうちょう》に語っていた蒼太だが、ヒナと対面すると緊張のせいか終始口数が少なかった。今日も一応ヒナには声をかけたが、サークルの集まりに行くからと断られた。

このところ、ヒナの反応が鈍い気がする。以前は電話をすれば必ず出たし、メッセージもすぐに返ってきた。だが最近は返信が翌日になることもしばしばだった。プログラミングは集中を要するらしく、作業中は通知を切っているらしい。サークルの活動場所になっている、横浜駅のシェアオフィスにもよく足を運んでいるようだ。

反射的に、みなとみらいで会った木之本の顔がよぎる。爽《さわ》やかで、感じのいい男だった。だがなんとなく、所作に作り物めいた空気を感じた。一見オープンなのに、他人に心を許していない感じ。ヒナは木之本をどう思っているのだろうか。ただのサークルの先輩なのか、それ以外の感情を持っているのか……

――違う、違う。

今日は大八リアルティの事件について話すため、ここに来たのだ。ヒナのことはいったん忘れて、目の前の蒼太に話を振る。

「どうよ、調子は」

「だいぶいろんなことがわかってきた」

コーラで喉《のど》を潤した蒼太が、食べながら話を続ける。

「まず、社内に犯人の協力者がいるのは間違いない」

「その協力者が、ディープフェイクの素材動画を流出させたんだな？」

「それも、どうやら素材になった動画は一つじゃない。複数の動画からサンプリングすることで精度を高めている。実際に触ってみたけど、既存のツールであれをディープフェイクだと検知するのは相当困難だよ」

「それで、協力者は特定できたのか？」

蒼太はリュックサックからノートパソコンを取り出し、その場でキーを叩いた。「これ」と言い、ディスプレイをロンのほうに向ける。そこには〈水野《みずの》佑介《ゆうすけ》〉という社員の勤怠情報が表示されていた。

「社内から動画にアクセスした時刻と、オフィスの滞在時刻がすべて一致するのは、この社員しかいない」

「じゃあさっさとヒアリングしよう」

「違うよ。わかってないね、本当に」

大仰に頭を振る蒼太に、ロンは「なんでだよ」と問う。

「そいつの気持ちになって考えてよ。もし水野がクロだとして、社長や幹部から呼び出されたらどんなアクションに移ると思う？」

蒼太の言わんとすることが、ロンにもようやくわかった。

「証拠隠滅か」

「そう。僕らの手元にあるのは状況証拠だけ。本人にヒアリングするのは、言い逃れのできない証拠をそろえてから。半端な状況で聞き取りなんかしたら、せっかくの証拠が消されるかもしれない」

蒼太いわく、現在、秘書部が内偵調査を進めているという。水野のメールやチャット記録を徹底的に洗い出し、ディープフェイク作成に関与した証拠をつかもうとしている。

「僕の経験上、クロならまず間違いなく証拠が出てくる。プロの産業スパイならともかく、たいてい詰めが甘いんだよ、こういうやつらは」

あいかわらず、蒼太の口からは小学五年生と思えない単語が次々に繰り出される。

ロンは「俺のほうも進捗がある」と切り出した。

「実は、県警の捜査情報を手に入れた。それによると……」

蒼太がアップルパイをかじりながら、「待って」と制止する。

「それ、ちゃんとした情報？　小柳さんって警察とつながってるの？」

「色々あってな。ただ、確かな情報なのは間違いない」

まだ蒼太は半信半疑の表情だったが、「ふーん」と言っただけで、それ以上追及しようとはしなかった。少しはロンを信頼しはじめているのかもしれない。ロンは欽ちゃんから仕入れたばかりの情報を披露する。

「県警はメールと電話の発信元、あと銀行口座の情報から犯人を特定しようとしているらしい。詳しい進捗は不明だけど、蒼太が言っていた通り、簡単には身元が割れないみたいだ」

「僕が警察でもそこから調べるね」

蒼太は淡々と応じる。

「警察なら一般人がアクセスできない情報にもたどり着ける。銀行口座なんかまさにそう。そっちはそっちで、できることをやってもらえばいいよ」

「反面、動画の解析はあまり進んでいないらしい」

欽ちゃんいわく、「特殊な手段で作成されたフェイク動画らしい」とのことだった。

「そっちの方向では蒼太のほうがリードしてるってことだな」

ふん、と蒼太が鼻を鳴らす。

「結局、新しい情報は何もないってことだね」

「まあ待てって」

ロンはスマホに残したメモに視線を落とす。

「企業側は公表していないが、実は今年の春、同じくフェイク動画で八千万円を騙し取られた企業があるらしい。都内の企業だから、被害届が出されているのは警視庁だけどな。県警に共有された犯行の手口が、今回の件とほとんど同じだ」

つまり、初犯ではない可能性が浮上してきたということだ。幾度か同様の詐欺を繰り返すなかで、手口を洗練させてきたのかもしれない。蒼太はものを食べるのをやめて、真剣に話に聞き入っている。

「もう一つ。春に起きたその事件では、動画を直接送るんじゃなくて、ウェブサイトにアクセスさせるやり方だったらしい。容量の関係で動画ファイルを送れなかったみたいだな。そのサイトのソースコードに、謎のコメントが残されていた」

ロンは聞きなじみのない単語の意味を、すべて調べていた。ソースコードとはプログラムの設計図を意味し、コメントは「プログラムに影響を与えない文字列」のことだった。通常、作業者のメモとして残されることが多いらしい。

「なんてコメント？」

問いかけた蒼太に、ロンはスマホを見せた。画面には〈eliminator〉という英単語が表示されている。

「〈エリミネーター〉。〈排除する者〉とか〈駆除剤〉とか、そういう意味らしい」

しん、と沈黙が漂う。反応のない蒼太に、ロンは問いかけた。

「……何かピンとくるか？」

「さっぱり」

蒼太の答えはにべもないが、その後に「ただ」と続いた。

「犯行声明なのかもね」

「これが？」

「ただの憶測だけどさ。これだけ周到な犯人がわざわざ残しているコメントなんだから、何らかの意図があるのは間違いないよね。だとしたら、事件を起こしたことに対するメッセージかなと思って」

ロンは画面に表示された単語を見つめたが、何の手がかりも浮かび上がってこない。

「犯人は、何を排除しようとしてるんだ？」

「さあね」

蒼太が肩をすくめる。

ロンは再度、〈エリミネーター〉という言葉の意味を考える。排除する者。普通に考えれば、犯人が排除しようとしているのは、被害に遭った企業だろう。多額の損失を出させることで、企業を市場から排除しようとしている。だとしたら、金を騙し取ることは目的ではなく、手段なのかもしれない。

――本当に、金だけが目的なのか？

どれだけ考えても、答えは出なかった。

九月に入り、水野が犯人側の協力者であるという証拠が得られた。

決定打となったのは、ＵＳＢメモリの接続履歴だった。水野のノートパソコンを調べた結果、社外USBメモリが接続された履歴が残っており、さらには素材動画にアクセスした日時とすべて一致していた。

ロンは大月弁護士との面会で、その後の経緯を知った。

「私も立ち会って、秘書部で水野さんに聞き取り調査をやったんよ。最初は認めへんかったけど、証拠を突きつけたらギブアップしよった。報酬として、百万円分のビットコインをもらったんやって。要は金目当てで職務規定違反をやらかした、っちゅうことやね。ほんまにしょうもない社員やで」

「クビになるんですかね」

「解雇では済まんやろうね。社長は賠償請求する気マンマン。一億七千万の被害出したんやから、ムリもないけど。水野さんも目先の金を欲しがったせいで人生めちゃくちゃや」

そこまで聞いて、大月がまだ肝心のところを話していないことに気が付いた。

「依頼主は誰だったんです？」

「それがなあ。まだわからんのよ」

水野は犯人側に、USBメモリを手渡しで受け渡している。横浜駅で待ち合わせて直接渡したというが、相手はサングラスにマスク、キャップを身につけており、細身の男性という以外は何もわからなかったという。

「データとして送信させなかったんは、足がつかんようにやろうね。アナログなやり方のほうが意外と痕跡《こんせき》は残らんかったりするみたい。そもそも、受け渡しに現れた男性やって、金で雇われた赤の他人かもしれんから、あんまり当てにはならん。犯人側は身元が割れんよう相当気をつけてるね」

大月はうんざりした顔つきでこぼしている。

「水野経由で犯人を特定するのは難しいってことですか？」

「なんとも言われへん。今、詳しく調べているところやから。蒼太くんはほんまにようやってくれてるよ……ああ、そうそう。水野さんいわく、犯人側は自分のことを〈エリミネーター〉と名乗ってたみたいやね」

途端に、ロンの心拍数が上昇する。

——まただ。

過去の事件で残されていた、謎《なぞ》の言葉。

「そうですか」

欽ちゃんから、警察の情報は大八リアルティ側に漏らさないよう厳命されている。蒼太は例外だった。そのため黙っているしかないが、顔色の変化から大月は何かを察したようだった。

「何か知ってるん？」

「いや。どういう意味だろう、と思って」

「……嘘《うそ》が下手やね。まあええわ」

大月は椅子《いす》の背もたれに身体を預けた。

「こうなったら、長期戦を覚悟するしかないね」

「どれくらいかかるんですか？」

「どうやろねえ。半年か、一年か。もしかしたらもっとかかるかも」

目頭を揉《も》みながら、大月はうなる。調査が長引くのは彼女としても本意ではないだろうが、大した成果もなく打ち切るわけにもいかない。ロンや大月のような門外漢には、サイバー犯罪の調査にどれほどの時間がかかるのか見当もつかなかった。

ロンの頭には、あるアイディアがあった。

その人物の手を借りるのが最善なのか、確信はない。だが膠着《こうちゃく》しつつある状況を打ち破るには、新たな視点を導入するしかない。

「一つだけ、案があるんですけど」

神妙な声で切り出したロンに、大月は眉をひそめる。

「どうしたん？」

「最近、ディープフェイクの専門家と知り合ったんです」

ロンは、偽りの匂いがする木之本翔の横顔を思い出していた。

＊

小柳龍一は、内心の読めない男だった。

二十三という年齢の割に、落ち着き払っている。むしろ、小柳の隣にいる菊地妃奈子のほうが緊張していた。これから話す内容を考えれば、その反応のほうが普通だった。

面会場所にはいつものシェアオフィスを指定した。オープンなスペースではなく、有料の会議室を借りた。ここなら他人に会話を聞かれないし、車いすの受け入れを気にする必要もない。何より、俺のホームだ。

「忙しいのに、時間もらってすみません」

今日の面会を頼んできたのは小柳のほうだが、顔に卑屈さは一切浮かんでいない。その不敵さが、気に食わない。

「いえいえ。毎日ヒマしてますよ」

もちろん社交辞令だ。こなすべき作業は山のようにある。大学院の研究に、サークルの運営、フリーのエンジニアとして請け負っている仕事の数々。そのすべてを後回しにしてわざわざ時間を作ったのは、内容が内容だからだ。

――木之本さんに、相談したいことがあって。

数日前に菊地妃奈子から持ちかけられた相談というのは、〈ディープフェイク動画を使った詐欺事件について、アドバイスがほしい〉というものだった。具体名は明かされなかったが、どう考えても大八リアルティの一件だった。

——なんで菊地さんがそんなことを？

——前に木之本さんと会った幼馴染みが、トラブルの解決屋みたいなことをやってて。小柳のことは覚えていた。フリーターだと聞いていたが、まさかやつが事件に関わっているとは思わなかった。

——よければ、一度会ってもらいたいんです。

断るはずがない。事件の調査がどこまで進んでいるかを知る、絶好のチャンスだ。

三人きりの会議室には、緊迫した空気が漂っていた。

「木之本さんはディープラーニングの専門家だと、ヒナから聞いてます」

「そんな。普通の人より多少詳しいくらいです」

俺の謙遜《けんそん》を気にも留めず、小柳は「相談したいのは」と話を進める。

「ディープフェイク動画を使った詐欺事件についてなんです」

「菊地さんからだいたいの話はうかがってます。俺でわかる範囲なら、なんでも答えますよ。事件っていうのは、大八リアルティの件でしょう？」

「……知ってましたか」

「あのリリース、界隈では話題になったんでね。手口も聞いてます」

「なら、話が早い」

小柳は、本題に入る前に菊地妃奈子に目くばせをした。「信用できるのか？」と尋ねているようだ。彼女がこくりとうなずいたのを見てから、小柳はスマホをテーブルの上に置いた。

「後で聞き直すために録音させてください。この分野の話は苦手で」

「結構ですよ」

「これから話すことは、俺とヒナ以外では会社の関係者、協力してくれているエンジニアしか知らない話です。くれぐれも口外しないでください」

前置きを経て、ようやく小柳は話に入った。それから全容を聞くのに一時間ほどかかった。時おり、技術的な話を菊地が補足した。

結論。彼らの調査は行き詰まっていた。

水野が協力者であることまでは突き止めたが、そこから先は手詰まりのようだ。警察の捜査もはかばかしくない。長期戦、という言葉も小柳の口からは出た。蓋《ふた》を開けてみれば何のことはない、懸念していたような事態からは程遠かった。ひょっとするとヒントくらいはつかんでいるかもしれない、と心配していたのがバカみたいだ。

——素人じゃ、この程度か。

俺は笑いを堪えるのに必死だった。話を最後まで聞き届けたうえで、厳しい表情で「難しいですね」と答える。

「やるべきポイントはしっかり押さえているように思います。聞いている感じだと、そのエンジニアの方もかなり腕が立つようですし」

「こうしたほうがいい、とかあれば」

「うーん……役に立つかわからないですが」

俺は当たり障りのない対策ばかりを並べた。いずれも手数を食うだけで、調査上は特に意味のないことだ。だがそんなことを知らない小柳たちは、懸命にノートにメモしている。その姿が滑稽だった。

一時間半が過ぎ、次のアポの時間が迫っていた。

「すみません、そろそろ」

腰を上げると、小柳が「ありがとうございました」と頭を下げた。車いすの菊地もそれに倣う。去りかけた俺は、「あ」と今思い出したように言う。

「その録音データ、もらえますか？」

「それは……いいですけど」

「俺も参考にさせてほしいんですよ。口頭で聞いただけだから、ちゃんと理解できているか不安で。誰にも聞かせないと約束しますから」

小柳は今一つ腑《ふ》に落ちないようだったが、「わかりました」と答えた。俺は素直に礼を伝える。録音データには、俺の声だけでなく小柳の声も入っている。それも、少なくない時間。合計すれば、おそらく三十分程度は入っているはずだ。それから小柳と電話番号の交換もした。今後、何かあった時にすぐ連絡が取れるように、という名目で。

「じゃ、今日は失礼します」

「お忙しいところ、本当にありがとうございました」

小柳にあわせて、菊地妃奈子も頭を下げた。

「全然。俺で役に立てたのかわからないけど」

「いえ。相談する相手として、木之本さんより適任な人はいないです」

たぶん、その言葉は本心だったろう。実際、日本中探しても、俺よりディープフェイクに詳しい人間はそう多くない。生成する側も、検知する側も、そこらのエンジニアよりはるかに熟知している。

だからこそ、精巧なフェイク動画を作ることができる。

「菊地さん。また次の集まりでね」

「はい」

小柳に後ろから押されて、菊地妃奈子は去っていった。一人になると、自然と深いため息が出る。結果として何も問題はなかったが、それなりに気を張っていたらしい。肩を揉むとガチガチに凝っていた。

二人の間に漂っていた、親密そうな空気を思い出す。あの空気をぶち壊す方法を、俺は思いついていた。

どれだけ仲がよくとも、一度信頼が失われれば、崩壊まではあっという間だ。そして親しいつながりを失った人間は、近くにいる別の人間に絆《きずな》を求める。菊地妃奈子は、間違いなく俺のもとに来る。

窓を見ると、うっすらと笑った俺の顔が映りこんでいた。見たことのない、他人のような顔だった。

＊

目の疲れを覚えて、いったん作業の手を止めた。

ハンドリムを操作して車いすを動かし、新しいコーヒーを入れる。このシェアオフィスは、コーヒーが好きな時にいつでも飲める。カップを手にさっきまでいた席に戻り、一口すする。時計を見ると、もう午後五時だった。同じフロアには数名のサークルメンバーがいる。みんな作業に没頭していた。

今進めているのは、木之本さんから渡されたソースコードのチェックだった。入力ミスやバグがないか点検しつつ、フォーマットを揃《そろ》えていく。このコードが書き上がれば、新しい生成ツールが完成する。

この数日、根を詰めて進めてきたおかげで、作業は大詰めを迎えていた。あと二、三日あればチェックは終わる見込みだった。目薬をさすと目に染みる。瞼《まぶた》を閉じて休憩していると、スマホが震動した。

――ロンちゃんかな？

反射的にスマホを取ると、親からのメッセージだった。今日は何時に帰るのか、という連絡だ。少しがっかりする。

一緒に木之本さんと会ってから一週間、ロンちゃんとは連絡を取っていなかった。お互い忙しいのはわかっている。ロンちゃんは警備のバイトをこなしながら、蒼太くんや大月先生と頻繁に打ち合わせをしているらしい。わたしもわたしで、サークルに入り浸っている。コードと向きあっていると時間を忘れてしまう。今日こそ電話しようと思っても、つい遅くなってしまうのだ。

それに、わたしの電話で邪魔するのも申し訳なかった。ロンちゃんは誰かを助けるために動いている時、いちばん生き生きしている。ロンちゃんにとっては、隣人の役に立つことが生きがいだ。その生きがいを、わたしが邪魔しちゃ悪い。協力を求められた時だけ、応じればいい。

わたしたちにはそれぞれの人生がある。いくらロンちゃんのことが好きでも、生き方まで強要するのは違う。

〈九時までには帰る〉

親にメッセージを返して、作業を再開した。

六時過ぎ、シェアオフィスに木之本さんがやってきた。まっすぐにわたしのところに来た木之本さんは、「ちょっといい？」と言った。

「話があるんだけど。会議室に来てくれる？」

「どうかしました？」

「ちょっとね」

言われるがまま、会議室に移動した。

話というのは、サークル幹部になるかどうかという件だった。改めて木之本さんに意思確認をされ、「わたしでよければ」と答えた。一年目で幹部になるなんて今でも信じられないけど、評価してくれるのは素直に嬉《うれ》しい。わたしが新たに書記になることは、次の例会で正式に発表してくれるらしい。木之本さんとの話は三十分ほどで終わった。

席に戻ってスマホを確認すると、ロンちゃんからの着信履歴が残っていた。

少し前にロンちゃんのことを考えていたせいか、ちょっとドキドキする。留守番電話サービスに録音が残っていた。いつもなら出なければそのままにしておくのに、珍しい。かけ直す前に、録音を聞くことにした。

〈……ヒナか？〉

聞きなれた声が再生される。

〈直接会って言おうと思ったんだけど……会ったら言えなくなりそうだから〉

すぐに不穏な気配を感じた。口のなかがからからに渇く。

〈悪いけど、俺がいいって言うまで連絡しないでほしい〉

スマホをつかむ手に力が入った。

〈ヒナは大学の人と一緒にいるほうが合ってる。正直、最近はヒナから連絡来るのがうっとうしい。お互い、別々の道で生きたほうがいいと思う。用がある時はこっちから連絡するから、もう連絡しないで〉

血の気が引いていくのがわかった。空いている手でハンドリムを強くつかむ。そうしていないと、崩れ落ちてしまいそうだった。

〈頼むから。二度と連絡しないでくれ〉

その一言でメッセージは終わった。

わたしはスマホをテーブルに置き、じっと見つめた。今聞いたのは、本当にロンちゃんからのメッセージだったのか？　ロンちゃんがわたしにあんなこと言うなんて、どうかしている。でも、心当たりがないわけじゃない。わたしが連絡すると邪魔かもしれない、という心配は前からしていた。その心配は的中していたんだ。ロンちゃんの生きがいに、わたしみたいな人間が横槍《よこやり》を入れちゃいけないんだ。

あの声は、紛れもなくロンちゃんのものだった。電話番号だってそうだ。あのメッセージを入れたのが本人であることは、疑う余地がなかった。

「嘘だ」

言葉が口から転がり出た。信じたくない。全部冗談だったと言ってほしい。でも、ロンちゃんは冗談であんなことを言わない。わたし自身が誰よりもそれを知っている。

わたしはノートパソコンの前で動けなくなっていた。泣きたいのに、涙が出てこない。びっくりしすぎたせいかもしれない。

——ひどいよ、ロンちゃん。

すぐに電話して、文句の一つでも言ってやりたい。でもメッセージは、〈二度と連絡しないでくれ〉という一言で締めくくられていた。それを無視して電話をかける勇気は、わたしにはなかった。

後ろから誰かの足音が近づいてきた。

「ごめん。一つ、伝え忘れてたことがあって」

木之本さんだった。わたしの顔を見ると、「どうしたの？」と驚いた。

「なんでもないです」

「顔、真っ青だよ。体調悪い？」

「いえ。大丈夫ですから」

そう言ったけど、もう限界だった。誰とも話したくなかった。

——あ、ダメだ。

そう思った瞬間、ぽろぽろ涙がこぼれた。木之本さんはぎょっとした。

「えっ、本当にどうしたの」

「あの……わたし……嫌われちゃって……」

「会議室、行こう。他に誰もいないから」

木之本さんに先導してもらって、会議室へ入った。いったん泣き出すと止まらない。ハンカチで顔を押さえながら、涙が収まるよう念じた。けど、緩んだ涙腺からは水分が溢《あふ》れ続ける。

「落ち着くまでここにいていいから。俺もいるし」

木之本さんの慰めの言葉を聞きながら、わたしはしばらく泣いた。

＊

口にくわえたポテトを上下させながら、蒼太がつぶやく。

「なんか、引っかかるんだよなあ」

　向かいの席に座るロンは「なにが？」と応じる。

　本厚木のファストフード店に滞在すること、一時間。二人は近況を報告しあったが、残念ながら取り立てて進捗はなかった。ただ、木之本の話になると蒼太はどこか不服そうな顔をした。

「木之本さんの、何が気になる？」

「いや。はっきりとは言えないんだけどさ」

　もぞもぞとポテトを咀嚼しながら、蒼太が続ける。

「木之本さんって人の助言、たぶん見当違いなんだよね」

「そうなのか？」

「無駄って断言できるほどじゃないけど。でも、こういうのって嗅覚《きゅうかく》でわかるんだよね。こっちを掘ればよさそう、とか、こっちはダメ、とか。僕の嗅覚に従って言えば、木之本さんのアドバイスは悪いけど役に立たないね」

　蒼太はバッサリと切り捨てた。さすがに木之本が少しかわいそうになる。

「でも蒼太みたいに直接調査してるわけじゃないから、ある程度はしょうがないだろ」

「そうかな？　あの人、相当頭いいと思うけど。もっとオーソドックスな助言もできたはずなんだけどなあ。木之本さんが去年投稿した論文も読んだけど、一目で優秀な人だってわかった」

小学五年生にしては物言いが尊大に過ぎる気もしたが、いつものことなので気にはしない。ロンは「どんな論文？」と尋ねる。

「ディープフェイクの検知ツール開発。よくできてるなぁと思ったよ。でも……」

蒼太は言葉を選んでいるのか、黙ってポテトを食べていたが、やがてまた口を開いた。

「引っかかるのは、ディープフェイクを研究しているくせに、今回の事件に興味を示していないことなんだよね。大八リアルティの件で使われたフェイク動画は、相当精巧にできている。もし興味のある人間なら、動画を見たい、と思うはずなんだよね。でも木之本さんはそんなこと一切言わなかったんでしょ？」

「忙しいから、首を突っ込みたくなかったんじゃないか？」

「だとしたら最初から断ってると思うけど。話を聞くだけ聞いて、見当違いなアドバイスをして、はいさよなら、っていうのがよくわからない。信用できるのかな、その人」

「……ヒナは、ちゃんとした人だって言ってたけど」

ただ本音を言えば、ロンも心から信用しているわけではない。やはり、あの作り物めいた所作が気にかかってはいた。

「そういえば、最近菊地さんは元気？」

「どうだろ。話してないから知らない」

ロンの答えに、蒼太は不快そうに「え？」と顔を歪《ゆが》める。

「あんなに美人の幼馴染みがいて、連絡取らないの？」

「それはまた別の話だろ」

「仲良さそうだったじゃん。電話もしてないの？」

この二週間ほど、ヒナとは連絡を取っていなかった。これといった用もなかったし、努力の末に手に入れたキャンパスライフを邪魔したくない。サークルの活動が忙しいなら、そちらを優先してほしかった。

ロンとヒナは、幼馴染みには違いない。ヒナが苦しむ時は、何をおいても助けたいと思う。けれど二人は一心同体ではない。ヒナにはヒナの世界があり、もしかしたら、そこにロンの居場所はないかもしれない。判断するのはヒナだ。飛び立とうとしている彼女を、引き止めるような真似《まね》はしなくなかった。

「あんまり放置してると、他の人に取られるかもよ」

蒼太は十一歳らしからぬ、大人びた口ぶりで言った。

「ヒナはそういうんじゃないから」

「菊地さん泣かせたら、許さないからね」

鋭い目つきの蒼太を見ているうち、ロンは少しからかってみたくなった。

「もし泣かせたらどうする？」

「送電所を乗っ取って、中華街全部停電させる」

ロンの笑顔が引きつる。冗談だろ、と笑い飛ばすことはできなかった。蒼太なら、本当にできてしまうかもしれない。

その後もだらだら過ごしていたが、じき、電話がかかってきた。「菊地さん？」と蒼太が色めき立つ。

「違う。別の幼馴染み」

画面には〈欽ちゃん先輩〉と表示されていた。電話を受けると、欽ちゃんの「今どこにいる？」という焦った声が飛びこんできた。

「本厚木だけど」

「すぐに加賀町署の近くに来れるか？」

一時間はかかると伝えると、欽ちゃんは苛立たしげに「そうか」と言った。

「なら、いつもの喫茶店で会おう。近くに来たらまた連絡しろ」

「電話じゃダメなの？」

「込み入ってるからな。俺も言葉だけでうまく説明できる自信がない。こっちもこの一時間でもう少し情報を集めるから、とにかく早く来い」

欽ちゃんは用件を伝えると、一方的に電話を切った。いつにない落ち着きのなさだ。向かいに座る蒼太には会話の断片が聞こえていたらしく、「急用？」と訊かれる。ロンはうなずき、立ち上がった。

「悪い。すぐに行かないと」

空のトレイを手に取ろうとすると、蒼太が「いいよ」と言った。

「急ぎなんでしょ。僕が下げとくから、行きなよ」

「ありがとう」

ファストフード店を出たロンは、早歩きで駅へと向かう。その間、さっきまでの蒼太との何気ないやり取りを思い出していた。この数か月で、ずいぶん軽口を叩きあえるようになった。

ロンは友達というものを意図して作ったことがない。いつの間にかなっているのが、友達だった。だから、蒼太と友達になってほしい、と言われた時は戸惑ったし、反発する気持ちもあった。

だが気が付けば、蒼太はすっかりロンの友達だった。

喫茶店で合流した欽ちゃんの目は吊り上がっていた。こういう時は、シャレを言っても相手にしてもらえない。

「昨日、恐喝容疑である男を逮捕した」

周囲の耳を気にしながら、欽ちゃんは声を潜めて話す。以前、恐喝は捜査一課の領域だと聞いた記憶があった。

「まだ取り調べの最中だが、こいつは暴力団の準構成員らしい」

「待って、話が見えないんだけど」

「いいから聞け」

欽ちゃんは有無を言わせない口調だった。

「名前は伏せておくが、とりあえずB氏とする」

「暴力団のB？」

冗談を言ったつもりはなかったが、欽ちゃんには鼻息で一蹴される。

「B氏は一般人に対する恐喝容疑で捕まったが、どうも余罪があるらしい。その余罪というのが、ポルノ動画の違法頒布《はんぷ》だ」

「違法って？」

「具体的には、著作権法違反だな」

欽ちゃんの話は、ロンの予想外の場所へ流れていく。

「B氏はポルノ動画を無料で閲覧できるサイトを運営していて、その広告料で荒稼ぎしていた。照会したところ、このサイトはアダルト動画のメーカー複数社から、刑事告訴されていた」

著作権の侵害は親告罪だからな、と欽ちゃんが補足する。

「じゃあ、取り調べも長引きそうだね」

「そう。でも、Ｂ氏の余罪はまだある」

欽ちゃんの眼光がさらに鋭くなる。

「ここ数年、違法頒布されているポルノ動画のなかでも流行している分野がある。既存の動画に有名人の顔を当てはめて、本人が出演しているかのように見せる悪質なものだ。当然、違法だぞ。著作権法違反だけでなく、名誉毀損《きそん》罪にもあたる。すでに有罪になった判例もある」

「……それって」

ここ数か月、似たような話を幾度も聞いていた。人工知能を使って、現実にはありもしない動画を生成する。その技術は——

＊

早朝、悪夢で飛び起きた。

室内にはエアコンが効いているというのに、首筋から背中まで汗でびっしょりと濡れていた。顎《あご》の筋肉が疲れている。眠っている間、歯ぎしりをしていたようだ。ひどく喉が渇いていた。

――またか。

さっきまで見ていた夢の内容は、鮮明に覚えていた。

真っ黒な顔をした父が、母親と言い争っていた。夢のなかに出てくる父親の顔は、いつも塗りつぶされている。どんな顔か覚えていないからだ。借金を残して父親が消えたのは、九歳の時だった。

夢の場面は急転換し、俺は自宅で一人母親を待っている。連帯保証人になった母親は、どうにかまっとうな方法で借金を返済しようとした。仕事を掛け持ちし、身体を壊す寸前まで働いた。寂しい、とは言えなかった。学校でなじられようが、殴られようが、相談できなかった。欲しいものを欲しいとも言えなかった。

自宅前で待ち伏せしていた借金取りに脅されながら、小学生の俺は数えきれないほど思った。

――金さえあれば。

金さえあれば、この状況から抜け出せる。

金さえあれば、幸せになれる。

父親は借金と一緒に、一台のノートパソコンを残していった。自宅はネットの契約をしていなかったが、公園でフリー Wi-Fi につなげられることに気付いた。俺は毎日公園に通い、夜中までパソコンのキーを叩き続けた。

最初は「お金　かせぎたい」といったワードで検索していたが、現実的な方法はなかなか見つからなかった。そんななか、あるネット広告が目についた。

〈これからの時代はAIがビジネスの主役〉

ビジネス商材の広告で、小学生の俺にはとうてい手の届かない値段だった。だが、〈AI〉という言葉は脳裏にこびりついた。調べてみると、人工知能という意味だった。そしてそのAIは、どうやら無料で作ることができるらしい、とわかった。

手始めに、プログラミング言語をインストールしてみた。コードの書き方を教えてくれるサイトは、ネットに無数に存在していた。試しにプログラムを書いてグラフィック動画を作ると、ちゃんと動いた。

――なんだ、これ！

全身が震えるほど感動した。一円もかからず、こんなにすごいことができるのか！

そこからはプログラミングに没頭した。AI開発もできると知り、見よう見まねでコードを書くようになった。

間違いなく、俺にはエンジニアとしての才能があった。だが、もし貧乏でなければそこまで熱中することはなかっただろう。俺にはプログラミング以外に、生きる術がなかった。

絶対にこの道で成り上がるんだ、という覚悟があった。

中学生になり、プログラミングのコンテストでいい成績を残した。母親は泣いて喜んでくれた。

——親らしいことなんてできなかったのに、立派に育ってくれて……

母の涙を見て、エンジニアとして成功することを再度決意した。

母はきちんと返済を続けていたが、利息を返すのが精いっぱいで、元本は減らなかった。借金取りはしつこく自宅を訪ねてきたから、数年もすると、俺はそのうちの数名と顔見知りになった。

——お前、プログラミングできるんだって？

高校三年のある日、チンピラの一人からそう訊かれた。できる、と答えると、彼は下品な笑みを浮かべた。

——一気に借金返す方法、教えてやろうか。

チンピラが提案したのは、ポルノ動画を頒布するサイトの構築と運営だった。サイトを作って維持管理するだけなら、当時の俺にはすでに朝飯前だった。母親には秘密で、という条件付きで、俺はこの提案に乗った。

約束を破ったら手を貸さない、と宣言したせいか、チンピラはちゃんと広告料のうち一定額を俺に横流しした。俺はその金を、「エンジニアの仕事で稼いだ」ということにして母親に全額渡した。おかげでその年から順調に借金は減り、俺が大学四年になる年には全額返済できた。

だが、チンピラとの関係は切れなかった。悪党が、俺という金のなる木を手放すはずがなかった。

——お前、ディープフェイク作れるだろ。

大学四年の当時、爆発的にディープラーニング技術が発達し、有名人の顔をあてがったフェイクポルノも出回りはじめていた。集客に効果があると判断したチンピラは、俺にDFP——ディープフェイクポルノの生成を命じた。

DFPはウケた。アクセス数の急増を受けて、俺は片端から動画を作りまくった。普通の二十代ではまず稼げないような大金が転がりこんできた。チンピラと俺は、もはや事業の共同運営者と言ってよかった。その関係は今でも続いている。

俺は望み通り、プログラミングによって金を稼ぐことに成功した。いい家に住み、いい服を着て、いいものを食っている。女と遊ぶ金にも困らない。母親にも、十分すぎるほどの仕送りができるようになった。

それなのに、心のどこかが満たされなかった。虚《むな》しかった。

もっと大きなことがしたい。ポルノでちまちま稼ぐのではなく、社会に革命を起こしたい。

俺の目標は、金の有無にかかわらず、すべての人が平等に生きられる社会だった。だがそのためには政治家にでもなるか、大金を使ってロビー活動をするしかない。いずれにせよ、金が必要だった。百万や二百万ではない。桁違《けたちが》いの資金が要る。その金をどこから集めるか。

考えた末に、俺は結論を出した。

――デジタル技術に疎い企業から、吸い上げればいい。

だって、そうだろう。これだけデジタル技術が浸透している社会で、いまだにのほほんと旧態依然の運用をしている会社は、痛い目を見て当然だ。放っておいても淘汰《とうた》されるのだから、俺が騙したって一緒だ。

俺はデジタル化が進行する社会で、取り残されている旧弊な企業を排除する。騙し取った金は、いずれ政府へのロビー活動に使う。これなら古い人間を退場させることができるし、金も稼げる。一石二鳥だ。

今年の春、さっそく都内の企業をターゲットに、フェイク動画を使った大規模な詐欺を仕掛けた。相手はまんまと騙され、俺の手元には八千万が残った。サイトのソースコードに〈eliminator〉と記したのは、出来心だった。俺はただの詐欺師じゃない。志があってやっているんだ、と誰かに知ってほしかった。

大八リアルティからの詐取も上首尾に終わった。被害を公表されたのは想定外だったが、捜査の手は俺には及んでいない。ほとぼりが冷めた頃に、また他の企業を相手にやればいい。

もう少し金が貯《た》まったら、本格的に政府への働きかけをはじめるつもりだ。幸い、有力なＩＴ企業の経営者たちと人脈ができつつある。そこから国会議員へのつながりを求め、政策立案に食いこむ。

夢物語だとは思わない。何しろ俺には数億の金がある。金があれば、なんでもできる。金があれば、誰もがひれ伏す。

小学生の頃の俺に、言ってやりたい。

大丈夫。お前は勝ち組になれる。だからそれまで、歯を食いしばって耐えろ。

菊地妃奈子に呼び出されたのは、初めてだった。

指示された通りシェアオフィスの会議室に入ると、彼女は一人で待っていた。膝《ひざ》の上で両手を握りしめ、思いつめた表情で宙を見ている。俺はできるだけ優しい声で「菊地さん」と呼びかけた。

「つらかったね……この間のこと」

小柳からのメッセージが残されたあの日、俺は泣き続ける彼女を慰め、食事に連れ出した。そのままホテルに連れていってもよかったが、アルコールを飲もうとしなかったし、彼女の場合はまだ早いと判断した。だが、俺に惹かれているのは確実だった。おそらくあと一押しで落ちる。

そのはずだが、今日の菊地妃奈子は様子がおかしかった。俺の言葉にも応じず、目を見ようともしない。

「どうしたの？」

俺は隣の席に腰かけ、ハンドリムに置かれた手にさりげなく手のひらを重ねようとした。だが、指先が触れる寸前、彼女にかわされた。ようやくこちらを見た菊地妃奈子の目は、怒りに満ちていた。

「正直に言ってください」

その一言で、彼女が何を言おうとしているのか察した。舌打ちが出かかる。

――バレたか。

「あの音声、木之本さんが作ったんですよね？」

二人しかいない会議室に、濃密な沈黙が落ちる。俺は困惑をあらわに、ほんのりと非難する色も混ぜつつ、「なんのこと？」と問う。

「ロンちゃんに確認しました」

「連絡するなって言われてたのに？」

「向こうから連絡をくれたんです。最近話してないけどどうしてる、って」

彼女が言うには、小柳はそのような留守電を残した記憶はないという。どうやらそれ意外、疑う根拠はないらしい。

「それだけ？」

「だって、本人が言ってないって言ってるんですから……」

「でも、電話番号は彼のものだったんでしょう？」

彼女は下唇を噛《か》んだ。その指摘に対する反論は用意していなかったらしい。これなら、なんとか丸めこめるかもしれない。

「論理的に考えてよ。小柳くんからかかってきた電話で、小柳くんの声だったんでしょう。ここまでは合ってるよね？」

「……はい」

「なのに、本人が覚えてないっていうだけのことで、なかったことにするの？　言っちゃ悪いけど、都合が悪いことだから覚えてないふりしてるだけなんじゃないの？　酔った勢いで言っちゃったとかさ」

「ロンちゃんは一滴もお酒が飲めません」

「たとえば、だよ。シラフだとしても話は同じ。とにかく、録音っていう動かない証拠があるんだから、彼の残したメッセージであることは間違いない。本当に彼を信用していいのか、俺は疑問だけどな。だって、一度は菊地さんを泣かせたんだから」

菊地妃奈子は口をつぐみ、じっと俺を見ていた。にらむというのとは違う。両目のなかには、色濃い失望が滲《にじ》んでいた。そしてその視線は、彼女が何を考えているのか、雄弁に物語っていた。

「……ああ、そういうこと。だから俺を疑ってるんだ。ディープフェイクであんな精巧な音声を作れるの、俺だけだもんね」

「疑ってすみません。でも、それができる技術を持っていて、かつロンちゃんの音声データを入手できたのは木之本さんしかいないんです」

「あれがディープフェイクだって証拠はあるの？」

返答はない。その反応で、これはただの推測に過ぎない、と確信した。

「ねえ。もしかして、証拠もないのに俺を疑ってたってこと？　それはあまりにもひどくないかな？　俺は菊地さんたちにお願いされて、相談に乗ったんだよ。それなのに、そのせいで犯人扱いされるなんて不本意だ」

「……すみません」

「だいたい、何のためにそんなことをする必要があるの？　俺が菊地さんを陥れようとしたってこと？　俺にメリットある？」

「それは……」

「がっかりしたよ。本当にがっかり」

軽蔑《けいべつ》の視線を向けると、彼女はうつむいた。駆け引きに慣れていないのが丸わかりだ。

「最後にもう一度だけ訊くね。あの音声は、俺が作ったディープフェイクか、小柳くん本人が残したものか。状況証拠から、どちらが妥当だと思う？」

数分の沈黙を置いて、菊地妃奈子は顔を上げた。その顔に迷いはなかった。

「わたしは、ロンちゃんを信じます」

――この女……

こうなったら、彼女を落とすのは難しいだろう。菊地妃奈子のことは諦めた。もともと、絶対に手に入れたかったわけではない。大した執着はなかった。俺は席を立ち、冷たい視線を投げかける。

「もっと頭のいい人だと思ってたよ」

話は終わった。俺は作業スペースへ戻るため、会議室のドアを開ける。

そこに立っていたのは、小柳龍一だった。

Tシャツにジーンズというラフな服装の小柳は、内心を見透かそうとするように俺を凝視している。前に会った時と同じ、底の読めない面構えだった。

「……誰の許可を得て、ここに入った？」

「ヒナに入れてもらいました」

振り返ると、菊地妃奈子も俺を見ていた。なんなんだ、こいつらは。俺は小柳に正面から向き直る。

「彼女に変なこと吹きこんだらしいね？」

「俺は、そんなメッセージ残してないって言っただけです」

「どっちでもいい。話は済んだから」

立ち去ろうとすると、小柳が「木之本さん」と目の前に立ちふさがった。

「俺も話があるんですよ」

「どいてくれ」

「スプーフィング、というそうですね」

小柳の言葉に、自然と足が止まる。

「ハッカーが、他のデバイスやユーザーになりすまして攻撃すること全般をそう呼ぶとか。友達が教えてくれました。他人の電話番号を装って電話をかけることも、技術的には可能らしいですね。かなり高いスキルが要求されるそうですけど。木之本さんなら知ってますよね？」

「だから、あの電話は俺がかけた、と？」

「いえ。ただ、不可能ではない、と言いたいだけです」

じわじわと、安全地帯を狭められているような感覚があった。

それにしても気味の悪い男だ。結論から話さず、徐々に外堀を埋めていく。こいつはどこまで知っているのか。

「それで終わりなら、俺は行くけど」

小柳を押しのけようとすると、やんわりと手をつかまれた。

「〈エリミネーター〉は、木之本さんですね？」

一瞬、頭が真っ白になった。

小柳の顔色をうかがう。あいかわらず、何の感情も読めない。こいつはロボットなのか？　それとも……

——頭のネジが外れてるのか？

とにかくとぼけるしかない。不自然な挙動を見せないよう、注意を払う。

「小柳くん、何言ってるの？」

「大八リアルティから金を騙し取ったのも、木之本さんですよね。一緒に警察に行きましょう。自首すれば、多少は罪が軽くなるかもしれない」

「意味がわからない」

「協力してくれているエンジニアが、不眠不休で動画を解析してやっとわかりました。あのフェイク動画には最先端のツールが使われている。あまりにも、最先端すぎるツールなんです。その技術を扱える人間は、きわめて限られる」

「だからって、俺一人が容疑者なわけじゃない」

「木之本さんは、ディープフェイクの検知ツールに関する論文を発表されてますよね。その技術を使えば、大半のフェイクを検知することができる。きわめて優れた技術です。しかしエンジニアが検証したところによると、あのフェイク動画だけは検知できなかった」

——そこまでやるか。

今度は舌打ちを我慢できなかった。小柳の顔色は変わらない。

「なぜ、ピンポイントですり抜けることができるのか。それは、あなたが生成した動画だからじゃないですか？　自分の作った検知ツールだから、どうすればすり抜けられるのかも知っていたんじゃないですか？」

「全部、憶測だよね」

俺は自分に言い聞かせる。落ち着け。冷静になれ。相手はまだ決定的証拠を突き付けていない。折れるには早すぎる。

「証拠は？　証拠はあるの？」

「……ありません」

「いい加減にしろよ！」

演技ではなく、自然と怒鳴っていた。

「証拠もないのに、人を大事件の犯人に仕立て上げるつもりか？　罪のない人間の人生をめちゃくちゃにする資格があるのか？」

「この件に関して、証拠はありません。けど、別件に関しては証拠があります」

喉の奥がひくついた。まさか。そんなバカな。

「別件……？」

「木之本さん自身が、誰よりもよくわかってるんじゃないですか」

そう言われて思いつくのは、一つだけだ。ディープフェイクポルノの件で、尻尾をつかまれた。俺ではなく、「共同運営者」が……

小柳の視線が痛い。表情は変わっていないはずなのに、やつの顔が悪魔じみて見える。

俺が動揺しているせいなのか？　この俺が？　額に脂汗が噴き出し、こめかみを伝って流れ落ちた。

「警察に行きましょう」

「……嫌だ」

「家宅捜索すれば、木之本さんがやってきたことはすべて明るみに出ます。自首するなら、これが最後のタイミングなんです。仮にも、あなたはヒナに居場所を与えてくれた人だ。できるだけ穏便な形にしたい」

「ここまで追い詰めておいて、穏便とは笑えるね」

なんとか笑みを浮かべようとしたが、頬が引きつって動かない。やっぱりチンピラと組んだのは下策だった。共同で事業を進める相手は、頭のいいやつじゃないと。

どうやら、ここが行き止まりらしい。

俺はようやく自分が置かれた状況を悟りはじめた。数年かけてやってきたことも、終わるのはほんの一瞬だ。

「わかった」

小柳の視線から逃れるように、ふらふらとさまよい歩く。シェアオフィスは無人だった。誰も立ち入らないよう、菊地妃奈子が手を回したのだろうか。

「自首すればいいんだな？」

「はい」

俺は惜しむようにオフィス内を歩き回る。怪しまれないよう、少しずつ出入口のドアに接近する。

「最後に一つだけ訊いてもいいかな」

「どうぞ」

「小柳くんは、どうして俺が素直に自首すると思ったの？」

言い終わるより先に、ドアハンドルに手をかけた。思いきり引き開け、隙間に身体を滑りこませる。ドアの外にも人はいない。ここはビルの三階。エレベーターを使っている余裕はない。非常ドアを開け、階段を駆け下りる。

俺はこんなところで捕まるわけにはいかない。社会に革命を起こさなければならないのだ。これまで稼いだ金は全部なくなるが、俺には技術がある。また一からやり直せばいい。行き止まりなら、無理やり乗り越えるだけだ。

小柳が追ってくる気配はなかった。

──フリーター風情に、俺が捕まえられるか。

息が切れ、口のなかに鉄の味が広がる。外に出て、横浜駅前の人混みにまぎれればもう俺を追えない。そこまで行けば俺の勝ちだ。一階まで駆け下り、ビルのエントランスを抜け、外へ出る。

そこには、男たちがたたずんでいた。先頭にいるボサボサ頭の男が、警察手帳をかざしている。よく見れば、傍らには警察車両も停《と》まっていた。

「神奈川県警でーす」

眠たげな目をしたボサボサ男が名乗った。あわてて周囲を見回すが、どちらを向いても強面《こわもて》の男が立っている。私服刑事だろうか。引き返そうとすると、後ろにはエレベーターで追いかけてきた小柳、それに菊地妃奈子がいた。

「言ったでしょ、木之本さん。あれが最後のタイミングだって」

じりじりと小柳が近づいてくる。やがて、一メートルにも満たない距離で俺たちは対峙《たいじ》した。やつはこの期に及んで、まだ淡々としている。それどころか、かすかにひそめた眉には悲しみが漂っていた。

なぜこいつは悲しげな顔をしているんだ？　もっと勝ち誇った顔で、俺を見下すべきじゃないのか？　どうして俺に同情できる？　どうすれば、こいつの顔に怒りを浮かべさせることができる？

「俺も一つ訊きたいんですけど。ヒナを狙ったのは、エンジニアとしての腕を買っていたからですか？」

小柳の口から、意外な質問が飛び出た。俺は素直に答える。

「顔が綺麗《きれい》だから」

後ろにいる彼女が、顔をこわばらせる。その時、俺は小柳を動揺させる方法を思いついた。急いで「それに」と付け加え、できる限り軽薄に見える笑い顔をつくる。

「車いすの女と付き合ってたら、話のネタになるだろ？」

一瞬で、小柳の顔が憤怒に染まった。ざまあみろ。

「怒ったか。そんなに腹が立ったなら……」

言い終わるより先に、小柳の平手打ちが飛んできた。ぱぁん、と高い音が鳴る。激しく打たれた左の頬が痛む。俺は満足だった。何もかも失ったが、それでも一矢報いた気分だった。

——やっと、感情見せたな。

気配に振り向くと、ボサボサ男がすぐそばに立っていた。「行きましょう」と背中を押される。左右を私服刑事に固められ、警察車両へ歩き出した。小柳の顔は見なかった。もう見る必要がなかった。

これから、長い取り調べがはじまる。だが俺は決して悪くない。悪いのは、貧しい人々を放置するこの社会だ。俺は裕福なマヌケから金を奪い取ったに過ぎない。いわば義賊だ。自分が悪人だと認めるつもりはなかった。

懐のスマホが震えた。通知を確認すると、母親からのメッセージだった。こっそりと操作し、文面を確認する。

〈また梨もらっちゃった。次はいつこっち来れそう？〉

足が止まった。刑事が不審げに俺を見る。

「……ああ」

俺はようやく気が付いた。俺がしてきたことを母が知ったら、どう思うか。これから先、俺はどうなってもいい。何度でも這《は》い上がる自信がある。でも、母はどうなる。この素朴な性格の母は、これから押し寄せる世間からの批判に耐えられるだろうか。犯罪者の母親というそしりを受けてなお、無事でいられるだろうか。

視界が滲んだ。泣いている、とわかるまで数秒かかった。

「ごめん……」

口からこぼれ出た謝罪の言葉が、涙と一緒に地面へ落ちていった。最後に涙を流したのはいつだったろう。まったく思い出せないくらい、昔のことだった。

＊

「で、結局そいつはいくつの罪に問われるわけ？」

凪はレバニラを食べながら、向かいに座るロンに問いかける。

「洋洋飯店」は昼下がりでもいまだ盛況で、店内は満席だった。テーブルにはロン、ヒナ、凪の三人が座って、遅いランチを食べている。ロンは欽ちゃんから聞いたことをそのまま話すことにした。

「少なくともディープフェイクポルノの件で著作権法違反と名誉毀損、もしかしたらわいせつ物頒布の罪にも問われるかも、って。あとはこれからの捜査次第。当然詐欺罪も乗っかってくるだろうし、いくつ余罪があるかわからない」

「数え役満だね」

凪はよくわからない例えで返した。

「それだけの犯罪を、全部一人でやったの？」

「ポルノは別だけど、企業相手の詐欺は何から何まで一人でやったらしい。協力者を見つけてくるのも、データの加工も、金を受け取るのも」

「その才能を別のことに使ってほしかったね」

ロンが漏れ聞いたところによれば、〈エリミネーター〉こと木之本翔は、誰の手も借りずに総額数億円に上る大金を企業から騙し取ったという。他人のことは一切信用していないから、というのがその理由だと聞いていた。

今のところ、木之本と南条不二子とのつながりも見つかっていない。ロンと欽ちゃんの見込みは外れた格好だが、最初から分のいい賭《か》けだとは思っていなかった。これからも、彼女の気配を少しでも感じれば、躊躇《ちゅうちょ》なく踏みこむつもりだ。

ヒナは無言で食べている。ロンはとっくに唐揚げ定食をたいらげているが、彼女の天津飯はまだ三分の一も減っていなかった。

「大変だったね、ヒナちゃん」

凪に慰められると、ヒナはぱっと顔を上げた。

「ううん、全然。もう立ち直ったから」

明るい声をつくっているが、どう見ても空元気だった。

木之本の逮捕から二週間が経った。逮捕直後よりはましだが、ヒナはいまだに暗い影を引きずっている。信頼していたサークルの代表が違法ポルノの生成に加担し、そのうえ詐欺事件の主犯だったのだから、落ちこむのは当然だ。

「この間、蒼太が言ってたんだよ」

ロンは小学五年生の友人が、独り言のように言っていたことを思い出す。

「『僕も何かが違えば〈エリミネーター〉になっていたかもしれない』って」

蒼太も木之本も、エンジニアとしての才能に恵まれているという点は同じだった。だがその才能を、一人は罪を犯すことに使い、もう一人は罪を追うことに使った。逆の方向を向いていた二人は、陰と陽の存在と言えた。

「才能があるってことは、必ずしも幸せなことじゃないのかもしれない」

ロンのつぶやきは、テーブルの上に静寂を呼んだ。しんみりした空気のなか、凪が手を叩いて「はい、ここまで！」と声を張り上げた。

「この話題はいったんおしまい。辛気臭すぎる」

「無理やり終わらせたな」

「ねえ、それよりマツは？　なんであいついないの？」

「知らん。どうしても今日は来れないんだって」

もちろん、今日の集まりにはマツも誘っていた。だが、このところめっきり忙しくなったマツから返ってきたのは欠席の回答だった。凪は不満げに唇をへの字にする。

「ここ、マツの実家なんだけど……まあいいや。ロンとヒナちゃんがいるから。あ、そういえば音源。二人の分も持ってきたから、よかったら聞いて」

凪がバッグから二枚のＣＤを取り出した。リリースされたばかりのアルバムだ。すでにデジタル配信されているが、わざわざＣＤに焼いたらしい。「グッド・ネイバーズはそういう主義だから」というのが凪の説明だった。

「リリースおめでとう」

ヒナが言うと、凪は「大変だったんだよ」と大袈裟に顔をしかめる。

「樹《いつき》は凝り性だからいつまで経っても編集終わろうとしないし、BB《ビービー》は販促グッズの発注忘れちゃってるし、サカキは機器の修理に追われてバタバタだし……でもまあ、苦労した分いいものはできたと思う」

ロンが切りのいいところで「でさ」と話に割りこむ。

「今日呼んだのはただのメシじゃなくて」

ロンは、凪の横にいるヒナの顔を見る。ヒナが小さくうなずいた。

「え、怖い。なになに？」

のけぞる凪に、ヒナは隠していた紙袋を差し出す。なかには赤い包装紙でラッピングされた箱が入っていた。ぽかんとしている凪に、ロンが「受け取って」と言う。

「俺たちから、アルバム制作記念のプレゼント。マツもふくめて」

数秒の間が空いて、凪は心から驚いたように「えっ！」と叫んだ。

「ありがとう！　うれしい！」

プレゼントは、四人分のアイマスクとネックピローだった。マークイズで四時間悩んだ末に、ヒナが選んだ品物である。買い物終わり、ロンは「やっぱり長かった」とつぶやいたが、幸いヒナには聞こえなかった。

紙袋を受け取った凪は、何度も礼を言いながら「でも焦ったよ」と言った。

「二人で目合わせてうなずきあってるから、大事な報告かと思った」

「大事な報告って?」

「そりゃあ、付き合うことになりました、ってやつでしょ」

ぴたっ、と会話が止まる。

こういう話題になると、ロンが淡々と「ヒナは幼馴染みだから」と応じ、周囲はがっかりする、というのがいつもの流れである。だが今日のロンは何も言わない。黙々と、自分で注いだ麦茶を飲んでいた。

凪は別の意味で驚きを顔に浮かべていた。

「えっ、嘘?　本当にそうなの?」

「違う」

その答えを聞いて、凪が「だよね」と安堵する。ロンはあさっての方向を見ながら言葉を継いだ。

「……今はまだ、違う」

その言葉に、凪よりも驚いたのがヒナだった。手にしていたレンゲが落ちて皿にぶつかり、かん、と音を立てた。切れ長の目を見開いたヒナが、震える唇を動かす。

「ロンちゃん、今なんて？」

「なんでもない」

「嘘。なんでもないことないよね？　凪さんも聞いたよね？」

凪は「聞いた」と言ってにやにや笑う。

「今はまだ、ってことは、いずれそうなる気があるってことだよね。普通に考えて」

「プレゼント渡したから、今日はもういいよな」

ロンは勝手に席を立ち、振り返ることなく出入口へ向かう。恥ずかしくてヒナのほうは見られなかった。顔が熱い。すれ違ったマツの母から、「あんた大丈夫？」と声をかけられた。

店を出ようとするロンの背中に、凪の声がぶつけられる。

「あんまり余裕こいてると、誰かに取られるよ」

――うるさい。

心のなかで反論し、観光客で混雑する通りへ足を踏み出した。

正直なところ、この感情がなんなのかまだ自信が持てない。ヒナはずっと近くにいたし、友達として二十年近く付き合ってきた。だから改めて好きかと言われると、どう答えていいのか困る。

ただ、あの時は冷静でいることができなかった。ヒナから、身に覚えのない留守電メッセージについて聞かされた時だ。電話の向こうのヒナは、号泣しながらすがるように言った。

——もしロンちゃんがわたしのこと嫌いになったなら、もうこっちから連絡したりしない。会ってほしいとも言わない。だからせめて、友達のままでいて。

頭に血が上ったロンは、反射的に答えていた。

——何があっても、ヒナを嫌いにはならない。

一時しのぎの台詞ではなく、本心からの反応だった。

その日以来、ロンは自分が発した言葉について考え続けている。あの時、どういうつもりであぁ言ったのか。自分でもうまく説明できないが、マツや凪に対しての思いとは微妙に違っている気がした。

付き合ってほしい、と言えるほどの確信はない。けれど、無数にいる隣人たちのなかで、ヒナが特別な存在であることは間違いなかった。人の波をすり抜けながら、前へ前へと進む。晴天から鋭い日差しがそそいでいた。

——暑い。

身体の火照りが夏の名残のせいなのか、あるいは別の理由のせいか、ロンには判断できなかった。


（第5巻に続く）

Haruki Bunko
ハルキ文庫

い 27-4

人生賭博《じんせいとばく》 横浜《よこはま》ネイバーズ❹

著者 岩井圭也《いわいけいや》

2024年3月18日第一刷発行

発行者 角川春樹

発行所 株式会社角川春樹事務所
〒102-0074 東京都千代田区九段南2-1-30 イタリア文化会館

電話 03(3263)5247(編集)
03(3263)5881(営業)

印刷・製本 中央精版印刷株式会社

フォーマット・デザイン 芦澤泰偉
表紙イラストレーション 門坂 流

ISBN978-4-7584-4624-2 C0193 ©2024 Iwai Keiya Printed in Japan
http://www.kadokawaharuki.co.jp/[営業]
fanmail@kadokawaharuki.co.jp[編集] ご意見・ご感想をお寄せください。

佐々木 譲

道警・大通警察署シリーズ （単行本）

樹林の罠

最新刊

警官の酒場

道警・大通警察署シリーズ既刊

❶（新装版）笑う警官
❷（新装版）警察庁から来た男
❸（新装版）警官の紋章
❹巡査の休日
❺密売人
❻人質
❼憂いなき街
❽真夏の雷管
❾雪に撃つ
❿樹林の罠 単行本
⓫警官の酒場 単行本

今野 敏 安積班シリーズ 新装版

神南署篇

『警視庁神南署』

舞台はベイエリア分署から神南署へ——。

巻末付録特別対談第四弾！ 今野 敏×中村俊介（俳優）

『神南署安積班』

事件を追うだけが刑事ではない。その熱い生き様に感涙せよ！

巻末付録特別対談第五弾！ 今野 敏×黒谷友香（俳優）

Haruki Bunko

ハルキ文庫